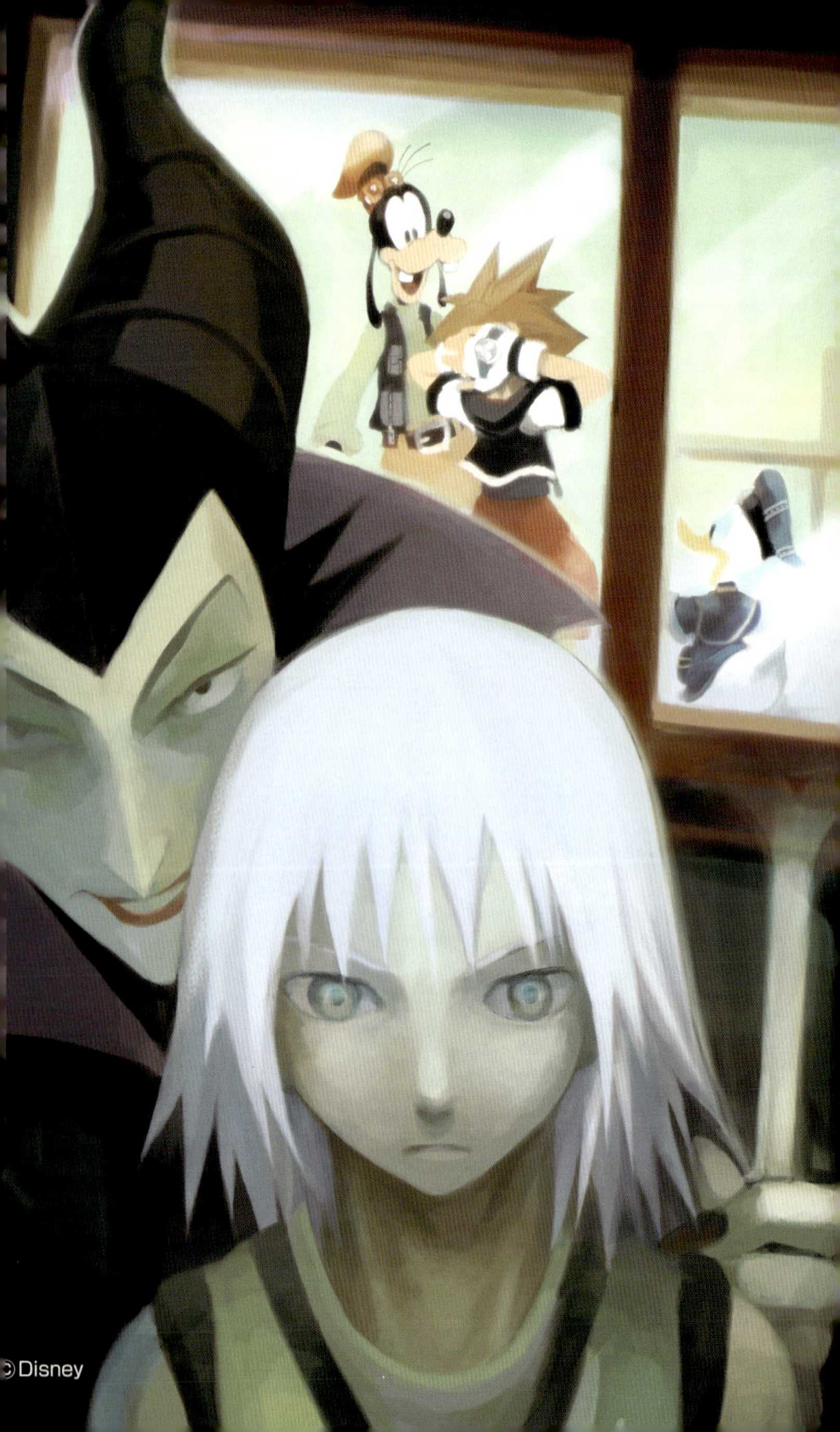

GAME NOVELS

DISNEY SQUARE ENIX

KINGDOM HEARTS

キングダム ハーツ

金巻ともこ
Kanemaki Tomoco

Original Plan
野村哲也
Nomura Tetsuya

Illustration
天野シロ
Amano Shiro

上

カバー・口絵・キャラクター紹介・本文イラスト／天野シロ
カバー・表紙・帯・目次・章扉・キャラクター紹介デザイン／鷹木骰子

CONTENTS

ソラ

海に囲まれた小さな島、デスティニーアイランド。その暖かくてのどかな島で暮らす14歳の少年。幼なじみのリク、同い年の女の子、カイリといつも一緒に遊んでいる。正義感が強く、納得できないことにはすぐに首をつっこんでしまう性格。

リク

デスティニーアイランドに住んでいるソラの友だち。ソラよりも一つ年上の15歳。クールで大人びた性格の少年で、探求心が強い。幼い頃からソラといつも一緒に行動していたが、常に一歩先を進んでいたため、ソラの兄さん的存在でもある。

カイリ

ソラ、リクといつも一緒にいる14歳の明るい少女。数年前、海の向こうからデスティニーアイランドへやってきた。その前の記憶が無く、島の外の世界にあこがれと同時に恐れやとまどいも覚えている。

グーフィー

ディズニーキャッスルの王宮騎士隊長。優しい性格でいつものんびりしている。人を傷つける武器を持たず、盾だけを身につけている。王様を捜すためドナルドと一緒に旅立つ。

Goofy

ドナルドダック

ディズニーキャッスルの王宮魔導士。突然姿を消した、親友でもある王様をさがすためグーフィーたちとお城をあとにする。おこりっぽく意地っ張りなのが玉にきず。

Donald Duck

チップ&デール

グミシップの設計や整備をおこなっている、シマリスの兄弟。鼻が黒い方がチップ。赤い方がデール。

Chip'n'Dale

ジミニー・クリケット

礼儀正しいコオロギの紳士。ソラたちの旅に同行し、見守っている。

Jiminy Cricket

Alice

アリス

白ウサギを追いかけて不思議の国に迷い込んだ女の子。自分に正直で、思ったことをすぐ口にする性格。ハートの女王から「ハート」を盗もうとした犯人と決めつけられ裁判で有罪になってしまう。

マレフィセント

Maleficent

すさまじい魔力を持っている邪悪な魔女。ハートレスも操ることが出来、いつもソラたちの行く手の邪魔をする存在。人の心のスキにたくみに入りこむのが得意。

プロローグ――DIVE TO HEART――

どこまでも――どこまでも、闇《やみ》が広がっていた。
わずかな光を頼《たよ》りに、僕《ぼく》は歩いていく。
小さな声――そして、何者かの気配。

見つけた！

残された時間は少ない。僕《ぼく》はもう、戻《もど》れない。
けれど急がないで――そして、恐《おそ》れないで。
扉《とびら》はまだ閉ざされている。

さあ、歩き出してごらん。ここまで来られるかい――？

キミの中に眠《ねむ》る力――力はカタチになり――カタチは力を与《あた》える。

そして、光がキミの元へと差し込《こ》む。

でも、光に近づけば近づくほど、キミ自身の影《かげ》は大きくなる。

けれど恐《おそ》れないで——そして、忘れないで。
キミは、世界で一番強い武器を持っている。

だから忘れないで——。
その扉《とびら》を開くのは　キミなんだ。

さあ、行こう。

そして——運命の扉が開き始める。

第1章

DESTINY ISLANDS&DISNEY CASTLE

first impression

ゆっくりとまぶたを開くと、日差しが飛び込《こ》んできて、まぶしい。繰《く》り返される波音は、いつも同じで、ソラの心をやさしく揺《ゆ》さぶる。

ソラは体を起こすと、大きく伸《の》びをした。

どこまでも続く青い空、そして海。

それがソラにとって、世界のすべてだった。

ここはデスティニーアイランド。海に浮《う》かぶ小さな島々のつらなり。

「えっと……なんだったっけ？」

なんだか怖《こわ》い夢を見ていたような気がする。

怖《こわ》かった……？　ううん、どこかやさしかったような気もする。

あの声――あの光。そして黒い影《かげ》――。

それに――アレは本当に夢だった？

「ソラ」

「わわっ！」

突《とつ》然目の前に現れたカイリに、ソラは跳《は》ね起きた。

「おどかすなよ、カイリ」

「そっちが勝手におどろいたんじゃない。そろそろさぼる頃《ころ》だと思ったんだよね、ソラは」

カイリはソラの顔を覗《のぞ》き込《こ》むようにかがむと笑った。カイリの赤い髪《かみ》の毛が空と海、そして砂浜《はま》の光の反射を受けてきらきらと光っている。

「ちがうって！　あの真っ黒いヤツが俺《おれ》を呑《の》みこんで、息ができなくなって――いてッ」

続けようとした言葉は、カイリから繰《く》り出された後頭部への一撃《げき》に飲み込《こ》まれてしまう。

「まだ目がさめない？」

ふたたび顔を覗《のぞ》き込《こ》まれて、ソラは自分の記憶《おく》に自信がなくなる。こんなに明るい空の下に、あんな真っ黒いオバケみたいなヤツがいるはずがない。

「夢じゃなくて――夢だったのかなぁ……」

首をかしげるソラにカイリは呆《あき》れたような顔をして、波打ち際《ぎわ》へと歩いていってしまう。その背中をソラはなぜかほんの少しだけ遠く感じる。どう言葉をかけていいのかわからなくて、だまっているとカイリが笑顔《え》で振《ふ》り向いた。

「早く作っちゃお？　リクも怒《おこ》ってるわよ？」

「え？」

慌《あわ》てて振《ふ》り返ると、そこには丸太を抱《かか》えたリクがしかめっつらで立っていた。

「真面目に作ってるのは俺《おれ》だけかよ」

かなりの太さの丸太をリクはソラに投げ渡《わた》す。さわ、とリクの銀髪《ぱつ》が揺《ゆ》れる。

「うわっ」

ソラは慌《あわ》てて丸太を受け止める。

「カイリも一緒《しょ》にさぼってたろ！」

「バレちゃった？」

カイリは笑いながら答えると、ゆっくりと入り江《え》に向かって歩き始める。

「じゃあみんなで仕上げちゃお！　向こうまで競争！」

カイリが笑いながら走り始めた。

「え？　マジ？」

ソラが慌《あわ》ててカイリのあとを追う。そしてリクも。

「よーいどん！」

走りながらのカイリの号令に、ソラとリクが全速力で走り始める。

まだ、日は高い――これからたっぷり働くことになりそうだ。

「リクは丸太と……それから、布、あとはロープ。ソラはいつでも出発できるように、飲み水と、食料にキノコを見つけてきて。私はここで待ってるから」

「了解《りょう》！」

ソラとリクは競《きそ》うように走り出す。ざくざくと足元で砂が音をたてる。遠くでティーダとワッカが剣《けん》の練習をしている声が聞こえた。

「ちょっと俺《おれ》たちもやっていこうか、ソラ」

「でもカイリに怒《おこ》られるよ」

ソラはリクの言葉に立ち止まると、カイリをだしに反論する。本当のことを言うと、リクにはまだ剣《けん》で勝つことができないから、あんまり気が進まない。

「気にすんなって」

リクはソラの背中を叩《たた》き、ティーダたちの下《もと》へと走っていった。

「ちぇ……」

この小島での男の子たちの遊びは大抵《てい》なにかの競争ばかりだ。その中でも一番人気があるのはやっぱりチャンバラごっこだった。みんなより少し年長のワッカが一応この場では先生だ。もっとも最近は少しずつソラたちもワッカに勝てるようになってきた。ティーダとは五分五分といったところ。

「行くッスよ！」

ティーダがワッカの間合いへと走りこむ。

「どっちもガンバレ～」

ティーダとワッカの間でセルフィーがぴょこぴょこと跳《は》ねると、彼女の外巻きの髪《かみ》もぴょこぴょこと跳《は》ねた。

「まだまだ！」

ワッカの声と一緒《しょ》に、木と木の当たる音がして、ティーダの手から棒が離《はな》れていく。

「くっそー」

リクは、へなへなと砂浜《はま》に座《すわ》り込《こ》んだティーダから少し離《はな》れた場所に転がった棒をつかむと、ワッカに向かって構える。

「次は俺《おれ》だ」

「おいおい、ちょっとは休ませてくれよォ」

ワッカが巻いたバンダナの上から頭を掻《か》くと、手にしていた棒をソラに投げ渡《わた》す。

「ソラ、今度はおまえの番だ」

「でもカイリに怒《おこ》られ……」

「隙《すき》あり！」

気乗りしないソラの元へリクが攻《せ》め込《こ》んでくる。

「わわっ！　卑怯《ひきょう》だぞ、リク！」

「勝負に卑怯《ひきょう》もクソもあるか！」

リクの一撃《げき》をソラはジャンプでかわすと、ようやく棒を構えた。こうなったらやるしかない。

「ほら、かかってこいよ」

リクの不敵な笑《え》みがなんだか余裕《ゆう》があるみたいで悔《くや》しい。

「行くぞ！」

かつん、と棒と棒が当たるいい音がした。とにかく必死にワッカに教えられたとおり、頭の上からまっすぐリクに向かって棒を振《ふ》り下ろす。かつんかつんかつん、と鳴る棒の音と一緒《しょ》にとにかく勢いで押《お》していくのがソラの戦法だ。

「くっ！」

「いいぞ、ソラ。そのまま海に落としちまえ！」

ワッカの声とほとんど同時にソラは大きく棒を振《ふ》り下ろした。

「いてッ」

リクの手から棒が離《はな》れ、くるくると空中を舞《ま》って砂浜《はま》につきささった。

「すごいッス！」

肩《かた》で息をしながら、ソラは尻《しり》もちをついたリクに手を差し出す。

「ちっ、油断したぜ」

「これが本当の実力だ！」

ソラは笑いながら、リクを引き起こすと、山の方へと走り出した。

「今度はどっちが早く全部集められるか競争だ！」

「よし！」

砂を払《はら》いながらリクも答え、走り始める。

「おいおい。今度はなんの競争だ？」

ワッカの声に耳も貸さず、ソラとリクは走る。

「な～んか最近あいつら、カイリ姉《ねえ》ちゃんとコソコソしてるような……」

セルフィーが口をへの字に曲げながら、首を傾《かし》げると、ワッカは肩《かた》をすくめて言った。

「まあ、リクが一緒《しょ》なら心配ないんじゃないか？」

「そーゆー問題じゃないんや！」

ワッカの声にセルフィーはぷりぷりと怒《おこ》り、砂を蹴《け》散らす。

「ずるいッス！　俺《おれ》も仲間にいれるッス！」

ふたりの後をティーダが追うが、既《すで》にソラは山の茂《しげ》みへ、リクは海の中へと姿を消していた。


「キノコ……どこにあるんだろ？」

ソラは山をかけめぐり、キノコをいくつか集める。この島の中にあるキノコはどれも食べられるものばかりで、ずっと前にみんなで焚《た》き火をして食べたこともある。でも何日もの間海を渡《わた》ることを考えると、こんな数では十分とは言えなかった。

山の上からはリクがいろいろと集めているのが見える。どうやら今は大きな布を運んでいるようだった。

「リクはいいよなぁ……」

ちくん、と胸が痛む。さっきリクにチャンバラで勝てたのはほとんど偶《ぐう》然みたいなものだった。いつもはソラが負けておしまい。勉強だってかけっこだって、なんにもリクには勝てなかった。ただひとつ勝てるものがあるとすれば――。

ソラは山を滑《すべ》り降りると滝《たき》の傍《かたわ》らにあるひときわ大きく生《お》い茂《しげ》る草むらの中へと飛び込《こ》む。そこは小さな洞窟《どうくつ》の入り口。秘密の場所だ。ソラとリクが見つけて、カイリに教えた。

「……ひさしぶりだな……」

洞窟《どうくつ》の中ではいつも聞こえる波の音がとても小さい。奥《おく》へ入るとまるで広場のように開けた場所があった。そしてその奥《おく》には、あの扉《とびら》。大きな扉にはドアノブもなにもついていない。ただ、どこかからの訪問者を待つように、じっとたたずんでいる。

そしてその傍《かたわ》らには小さな落書き。

「……あった」

まだ随《ずい》分と小さかった頃《ころ》、カイリとお互《たが》いの顔を書きあった落書きはまだそこに残っていた。

ソラはしゃがみこむと、そっとその落書きを撫《な》でる。

もし自分がリクに勝《まさ》っていることがあるとしたら――。

「誰《だれ》？」

小さな音にソラは振《ふ》り返る。そこには茶色いローブをまとった男がいた。

「この世界の扉《とびら》を見に来た」

低い声でそう告げる男の顔はフードで隠《かく》され、よく見えない。

「この世界は繋《つな》がった」

「あんた、何言ってるんだ？」

ソラの言葉に男は微《び》動だにせず、言葉を続ける。

「闇《やみ》と繋《つな》がった世界――まもなく光を失う世界――」

その言葉にぞくり、とソラの背筋を悪寒《お》が這《は》い上がる。

「気味悪いこと言うなよ。誰《だれ》だか知らないけど――……あんた、どっから来たんだ!?」

問いかけたソラの言葉には答えず、男はゆっくりと言った。

「おまえには何もわかるまい。おまえは何も知らない」

「他《ほか》の世界から来たんだな！」

「おまえがまだ知らぬ、扉《とびら》の向こう――何も知らない者が何を見ても――そう、何も理解できまい」

男の視線の先にある扉《とびら》をソラは思わず見上げる。

扉《とびら》――扉……大きな、扉。俺《おれ》はつい最近こんな扉をどこか他《ほか》の場所で見なかった……？

「いったい、あんた何者――」

ソラが再び振《ふ》り返ったとき、男の姿は消えていた。

洞窟《どうくつ》から出た瞬間《しゅんかん》、ソラは光のまぶしさに目を瞬《また》かせる。まるで洞窟《どうくつ》の中の出来事が夢だったかのように、デスティニーアイランドの空と海は明るく広かった。

ソラは洞窟《どうくつ》の中で見つけたキノコを抱《かか》え、カイリたちが待つ入り江《え》へと走り始める。

あの男——そして扉《とびら》。まるで夢のような出来事。誰《だれ》かに話しても信じてもらえるはずがなかった。この小さな島々の連なりであるデスティニーアイランドで、会ったことのない人間なんてひとりもいない。海の向こうから来た人間だって今までに誰《だれ》も——ううん、ひとりだけ居た。

——カイリ。

カイリは海の向こうから来たと言っていた。俺《おれ》たちが見たことも聞いたこともない海の向こうの世界からカイリは来たんだ。だから俺《おれ》たちは今——。

「遅《おそ》いよ！　ソラ！」

「ごめん！　なかなかキノコが見つからなくって」

ソラは息をきらしながら、両腕《うで》に抱《かか》えたキノコをカイリに見せる。カイリの顔を見た瞬間《しゅんかん》に、あのおかしな男のことは頭から消えていた。空に向かってそびえる大きな木の柱の傍《かたわ》らに、カイリとリクが立っている。

「すごーい。随《ずい》分たくさん見つけてきたのね」

「ソラにしては上出来だな」

ふたりが両腕《うで》いっぱいのキノコを受け取り笑った。

「そうだ、ソラ。この布、いいかんじだろう?」

リクの声にソラは、大きな木の柱にくくりつけられたまるで旗のような布を見上げる。

「こんな大きな布、どこで見つけたんだよ」

「秘密だ」

リクは肩《かた》をすくめて笑うと、その木の柱に登り始めた。

「嵐《あらし》が来たらこうやって登《のぼ》って布を降ろすんだぞ、ソラ」

「わかってるよ」

ふたりの様子をカイリは笑顔《え》で見つめていた。

3人が作っていたもの――それは大きなイカダだった。3人が見たことのない世界へ行くためのイカダだ。いくつかの丸太をロープで繋《つな》げたそれには、マストとなる大きな柱が立っている。そして、そこにリクが見つけてきた布で作られた帆《ほ》が、海からの風にはためいていた。

「これでもう海の向こうに行けるね」

カイリのかけた言葉にリクがマストを降りてくる。

「ああ。これでどこにだって行ける」

リクはずっと向こう、なんにもない水平線の向こうを見つめながら言った。いつのまにか太陽が傾《かたむ》き、空は抜けるような青から茜色へとその色をかえようとしていた。

「なあ、ソラ。そういや俺《おれ》たちの船にまだ名前をつけてなかったな」

リクは振《ふ》り返ると、再びマストを見上げながら言った。

「ふふっ――そうだったね」

カイリも同じようにマストを見上げる。

「この帆《ほ》が――風を受けるんだね」

大きく風を受けて海の上を滑《すべ》るはずの帆《ほ》は、静かにソラたちを見下ろしていた。

「どんな名前にしようか？」

「……ハイウィンドっていうのはどうかなぁ――」

カイリに聞かれて、ソラはずっと考えていた名前を口にした。

「高い風《ハイウィンド》――か」

リクが小さくその名を繰り返した。

「風にのってどこまでも行けるから――ハイウィンド」

「いいんじゃないか？」

ソラの言葉にリクが頷《うなず》いた。

「じゃあ、この船の名前はハイウィンドね」

カイリは笑いながらマストに抱《だ》きつくと、その視線を海の向こうへ向けた。

「もう日《ひ》が暮れるね——」

カイリの言葉にリクとソラが振《ふ》り向くと、いつのまにか水平線の上は真っ赤に染まり、太陽がその姿を消そうとしている。

「海の果てまで行ったら……カイリの元の世界があるんだよな」

確かめるように口にしたソラの言葉に、カイリはゆっくりと遠くを見つめる。

「それはわからない」

「でも行ってみないと、わからないままだ」

カイリの言葉にリクは答え、腕《うで》を組んだまま海を見つめる。

「イカダでどこまで行けると思う？」

「さあな——ダメだったら別の方法を考えるさ」

ソラの言葉にリクは答え再び海の向こうへと視線をやった。

太陽はその位置をかえ、水平線に近づき、海も、そして砂浜《はま》も赤く染まろうとしていた。

今までに3人が何度も見てきたその光景が、なんだか少しだけ違《ちが》うもののように見えて、ソラは少しだけ怖《こわ》い。

これから——どうなっちゃうんだろう。

俺《おれ》は、他《ほか》の世界を見たい。たまに嵐《あらし》は来るけれど、いつも静かでやさしい海。それから綺麗《きれい》な砂浜《はま》。山には鳥もいて、食べられるキノコだってあって、それから——リクにカイリ、ティーダにセルフィーにワッカ。父さんに母さんに、村の人たち。やさしくて、楽しいデスティニーアイランドの仲間たち。でもソラの目に映るその風景はいつも同じだった。もし、なにか違《ちが》う世界を見ることができるのなら——なにかが変わるかもしれない。

だから、ここでないどこかへ行ってみたかった。

「リクは別の世界に行ったら、何をするの？　ソラみたいに見れば満足？」

カイリは少しだけ不安そうにリクにそうたずねた。

「実はそんなに考えてないんだ。ただ——俺《おれ》は、俺たちがどうしてここにいるのか知りたい。他《ほか》に世界があるのなら、どうして俺《おれ》たちは、ここでなくちゃダメだったんだろう？」

リクはまるで波の音を聞くように、一瞬《しゅん》だけ言葉をとぎらせると、再び言葉を続ける。

「他《ほか》に世界があるのなら、ここは、大きな世界の小さなカケラみたいなものだから——」

そしてリクは振《ふ》り返ると、ソラとカイリに尋《たず》ねる。

「どうせ、カケラだったら——ここではない、別のカケラでもかまわないわけだよな？」

世界のカケラ。リクの言っていることは難しすぎてよくわからない。

「わかんねぇ」

ソラはそう答え、イカダの上に寝《ね》そべった。そんなソラの姿を見て、リクは小さくため息をつくと、海岸へと歩き始める。

「じっと座《すわ》っていても、何もわからない。自分で動かないと、何も変わらない」

ソラはリクの背を追うように、海へと目を向ける。

「同じ景色しか見えないんだ。だから、俺《おれ》は動きたいんだ」

「リクって、いろんなこと考えてるんだね」

カイリが静かにリクの背中に向けてそう言った。

「カイリのおかげさ。カイリがこの島に来なかったら、俺《おれ》、何も考えてなかったと思う」

リクは夕日を背に振《ふ》り返ると、カイリを見つめて言った。

「ありがとう、カイリ」

その言葉は今までソラが聞いたことのあるどの言葉よりも真剣《けん》で――ソラは心臓がドキリと大きく鳴るのを感じる。

「なんだか照れるなぁ」

そう言ってカイリは小さく笑うと、再び海へと視線を向けた。

「さぁて――俺《おれ》は帰るとするかな。おまえらも遅《おそ》くなるなよ」

自分の言った言葉に照れたのか、リクはすたすたと波止場の方へと歩き出す。その背を見つめていたカイリが小さな声で言った。

「リク、ちょっと変わったね」

「どこが?」

カイリの言葉の意味がわからず、ソラは聞き返す。リクのどこが変わったのか、ソラにはよくわからなかった。いつもどおりのリクに見える。

「ええと――なんか……変わったような気がしない？」

「気のせいだよ」

ソラの言葉にカイリはほんの少しだけ悲しそうな顔をして、笑う。

「ねえ、このままイカダにのってさ、ふたりだけで行っちゃおっか」

カイリはまるでいたずらをするこどものように笑うとソラの顔をのぞきこむ。

「突《とつ》然、どうしたんだよ、カイリ――カイリの方が変わったんじゃないか」

「……かもね」

カイリはそう答えると、ゆっくりと海岸へと歩き始める。そのポケットから、小さなペンダントのようなものが滑り落ちた。

「カイリ、なんかおっこったよ？」

「あ――」

ソラの言葉にカイリは大事そうにそれを拾い上げ、ソラに見せた。それは少し大きな貝が星型に繋《つな》がった小さなペンダントだった。

「なんだそれ？」

「これ？　サラサ貝のアクセサリーを作ってるの。昔の船乗りはみんな、サラサ貝を身につけてたから。旅の無事のおまもりなんだって」

「船乗りのお守りか——」

ソラがカイリの手元を覗《のぞ》き込《こ》む。

「もし旅の途中《と》で誰《だれ》かが迷子になっても必ず同じ場所に戻《もど》れるように。——3人がいつまでも一緒《しょ》にいられるように、作ってるの」

そして、カイリはペンダントを大事そうにポケットにしまった。

もう太陽はその姿を半分以上水平線へと沈《しず》めようとしていた。

「海の向こうにいくの、少し怖《こわ》かったけど……今はワクワクしてるんだ。どこへ行っても、何を見ても……私、かならずここに帰ってこれる」

カイリは振《ふ》り返るとソラを見つめ、まるで決心するように言った。

「まかせとけよ」

ソラはカイリの傍《かたわ》らに駆《か》け寄ると、そう告げる。

俺《おれ》だって、デスティニーアイランドに戻《もど》って来たい。他《ほか》の世界も見たいけど、でもこの海、そして空。島のみんな。そしてカイリとリクがいるこの島に戻《もど》って来たいから。

「よかった……ソラは変わらないでね」

「へ？」

思わず聞き返したソラにカイリは笑う。

「海の向こう、行けるといいね」

「ああ――行くさ、絶対」

夕日《ひ》がその姿を消そうとしている。波はいつまでも静かに、そしてやさしく音を立てていた。

大きくトランペットのファンファーレが鳴り響《ひび》く。

その大きな城は抜《ぬ》けるような青空に突《つ》き抜《ぬ》けるように建っていた。朝のお掃除《そうじ》はほうきの召《め》使いたちの大切な仕事。その横をお尻《しり》を振《ふ》りながらドナルドは胸を張って歩いていた。王宮魔《ま》導士《どうし》であるドナルドの朝は、まず王様に挨拶《あいさつ》をすることから始まる。

「ウォッホン」

さっきより一層胸を張って、ドナルドは咳払《せきばら》いをすると、彼の10倍くらいはある大きな扉《とびら》をノックした。そして、大きな扉《とびら》についているドナルドサイズの小さな扉を開いて、大広間へと入っていく。

この城でもっとも大きな部屋であるこの大広間には王様がいる玉座があり、そこへと続く赤い絨毯《じゅうたん》の上をドナルドは歩く。

「王様――朝のごあいさつに……グァ？」

王様が座っているはずの玉座には誰《だれ》もいない。かわりに玉座の後ろから王様の愛犬であるプルートが顔を出した。

「プルート？」

ドナルドの呼びかけにプルートが玉座からてくてくとドナルドの元へと歩いていく。その口には白い封筒《ふうとう》がくわえられていた。

「——グァ？」

眉《まゆ》をひそめるドナルドにプルートはその口を突《つ》き出した。ドナルドはそれをプルートから受け取り、封筒《ふうとう》を開くと1枚の便箋《せん》を取り出す。

「ワワワワワワワ——ッ！　グワァ！」

内容に目を通すや否《いな》やドナルドはきびすを返し、叫《さけ》び声をあげると、広間から走り出た。

親友ドナルドへ

突《とつ》然みなの前から消えたことを許して欲《ほ》しい。
事は一刻を争うようだ。どうしてもすぐに出かけなければならない。
例の奇妙《きみょう》な事件——夜空の星が消えているのも、
すでに始まっている災厄《やく》の一部に過ぎない。
なんとしても、問題を解決しなければ。
王として、君とグーフィーに頼《たの》みがある。

この事件の〝鍵〟を握《にぎ》っている人間がどこかにいる。
彼《かれ》を捜《さが》し出し、ともに行動して欲《ほ》しい。

我々には〝鍵《かぎ》〟が必要なんだ。

まずはトラヴァースタウンにいる、レオンという男に会ってくれ。

追伸《しん》 ミニーには、うまくごまかしておいて。

それは置手紙だった。親愛なる王様――そして、親友からの大切な手紙。もしこれが本当だとしたら、一大事になる。夜空の星が消えているという異変、そして、すでに始まっているという災厄《やく》。もしかしてとんでもないことに王様は巻き込《こ》まれているんじゃないだろうか？

ドナルドは長い廊《ろう》下を駆《か》け抜《ぬ》け、そのまま中庭へと躍《おど》り出る。そこには親友で王宮騎《き》士隊長のグーフィーがいるはずだった。

「グーフィー騎《き》士隊長！ たいへんだ！」

ドナルドはぐうぐうと眠《ねむ》るグーフィーを叩《たた》き起こそうとするが、目覚める気配は皆《かい》無だ。

「グーフィー！」

平和な王宮にドナルドの叫《さけ》び声がこだまする――が、グーフィーは目を覚まさない。しびれをきらしたドナルドはパチリと指を鳴らし、叫《さけ》んだ。

「サンダー!」

ばちばちっと音がして、小さな雷撃《らいげき》がグーフィーの黒い鼻の上に落ちる。

「アヒョ?」

グーフィーは目をぱちぱちとしながら、ドナルドの姿を確認《にん》すると、ゆっくりと口を開いた。

「やあ、ドナルド。おはよう。今日もいい天気──」

「た、た、たいへんだ!」

のんびりと挨拶《あいさつ》をしようとしたグーフィーの言葉を遮《さえぎ》るようにドナルドが叫《さけ》ぶ。

「たいへん?」

「誰《だれ》にも言っちゃダメだぞ!」

「誰《だれ》にも? なにを?」

「だから秘密なんだってば!」

バタバタと手を上下させながらドナルドが言う。グーフィーは事の次第《し》がよく飲み込《こ》めず、ゆっくりと体を起こすと大きく伸《の》びをしながら、ドナルドの方を向いた。

「……ミニー王妃《ひ》」

「王妃《ひ》でもダメ!」

「デイジーも」

「デイジーなんかには絶対に秘密だ！」

「おはようございます」

バタバタと手足を動かすドナルドの後ろに向かってグーフィーが頭を下げる。

「……ア……？」

グーフィーの行動にようやく振《ふ》り返ったドナルドの背後にはミニー王妃《ひ》とドナルドのガールフレンド、デイジーが居た。

「いったい何事なの？　ドナルド」

「グワ……ワワワワワ……」

王妃《ひ》の言葉にドナルドは再び手足をバタバタとさせる。そのドナルドの姿に、王妃《ひ》の後ろでデイジーがごほん、と大きく咳払《せきばら》いをした。


時刻を告げる城の鐘《かね》が鳴り響《ひび》く。そんな中、ドナルドとグーフィー、そしてミニー王妃《ひ》にデイジーは王様の部屋でなにやら深刻そうに話し合っていた。

「……というわけです」

ドナルドがグーフィーと王妃《ひ》、そしてデイジーに事の次《し》第を告げる。

「いったい何がおきているのでしょう？」

「今は――王を信じるしかありません」

不安げに尋《たず》ねたデイジーの言葉に王妃《ひ》が静かに答える。

「王様、ひとりで大丈夫《じょう》かなァ」

いつもどおりのんびりと告げたグーフィーの足をけっとばし、ドナルドが言う。

「ご安心を。必ずや〝鍵《かぎ》〟を見つけ、王様を連れ戻《もど》します」

その言葉には毅《き》然とした決心が表れていた。

「ありがとう」

「デイジー、王妃《ひ》様を」

ドナルドはデイジーに王妃《ひ》の安全を託《たく》す。

「大丈《じょう》夫。あなたこそ、しっかりね」

デイジーは、ちょっぴりおっちょこちょいのドナルドのガールフレンドだけあって、しっかり者だ。きっと王とドナルド、そしてグーフィーが留守にするこの城と王妃《ひ》を守ってくれることだろう。

「そうだわ、ドナルド。彼《かれ》を連れておいきなさい」

王妃《ひ》はドナルドに〝彼《かれ》〟を指し示した。ドナルドは王妃《ひ》の指し示した方角を見つめるが、そこには誰《だれ》も立っていない。

「あの……どこに？」

尋《たず》ねたドナルドの前に飛び跳《は》ねながら〝彼《かれ》〟が現れた。

「ここですよォ！」

「……彼《かれ》？」

ドナルドとグーフィーに比べると随《ずい》分と小さい〝彼《かれ》〟は、スーツを着こなし、シルクハットをかぶっている。そして〝彼《かれ》〟は礼儀《ぎ》正しく帽《ぼう》子をとり、ドナルドとグーフィーに一礼した。

「どうも。ジミニー・クリケットです」

そう告げると、〝彼《かれ》〟――ジミニーは大きく飛び跳《は》ね、ドナルドの帽《ぼう》子の上に飛び乗った。

「わわっ！」

「普《ふ》段はこうやって静かにしてますから、ご心配なく」

ジミニーはそのままジャンプしてポケットの中へともぐりこむ。

「ジミニーのいた世界も消えてしまったそうなの」

王妃《ひ》は長いまつげを伏《ふ》せながら、そう告げる。

「……消える？」

グーフィーの問いかけに、ジミニーはドナルドのポケットから顔を出すと、眉《まゆ》をしかめる。

「そうです。すべて消えてしまいました。みな、はなればなれになり――私だけが、この城にたどりついたというわけで」

「もしかすると、ジミニーが居た世界の仲間に会えることがあるかもしれません」

王妃《ひ》の言葉にジミニーはポケットから机の上に飛び乗ると、帽《ぼう》子をとり、ドナルドたちに頭を下げる。

「そんなわけです。よろしくお願いいたします」

「わかった。でも——」

ドナルドはジミニーに答え、王妃《ひ》を見た。

「この城の外では、あなたがたがよその世界から来たことを明かしてはなりません」

王妃《ひ》は毅《き》然とドナルドたちに告げる。

「チッジョを守るために——だよね」

「そう、お互いの世界の秩《ちつ》序を守るために」

グーフィーの言葉を受けて、ドナルドが言った。ドナルドたちが自由にディズニーキャッスルと他《ほか》のワールドを行き来していることは知られてはならない秘密だった。もし秘密がばれてしまえば、ワールドとワールドを自由に行き来しようとする者が現れ、世界の秩《ちつ》序が乱されてしまう。

一瞬《しゅん》重くなった空気を打ち消すように、王妃《ひ》が明るい声で言った。

「そろそろグミシップの準備ができたはずです。王を助けてあげてね。無事を祈《いの》っています」

その言葉にドナルドは胸に手を当てた敬礼で返す。そしてグーフィーも同じように胸に手をあてた敬礼でドナルドの出発を見送る——。

「キミも来るの！」

ドナルドはグーフィーの手をひっぱり、部屋《へ》を出た。

城の地下へと続く長い螺旋《らせん》階段の先には、グミシップの工場があった。いくつもの機械が蒸気をあげながら、ガタゴトと大きな音を立てている。その中央に、オレンジ色をした飛行機のような小さな船がドナルドたちを待っていた。その船こそが世界と世界の間を飛ぶことのできる唯《ゆい》一の船、グミシップだ。

グミシップの周りでは大きなマジックハンドが出発にむけて最後の点検を行っている。

「整備班、こちらドナルド」

ドナルドが大きなパイプに向かって声を張り上げると、操作室にドナルドの声が響《ひび》き渡《わた》った。

「準備はいいか?」

その声にぴしりと敬礼したのはチップとデールのふたりだった。黒い鼻の方がチップで設計士、赤い鼻の方がデールで整備士だ。操作室にある大きなレバーをチップがひくと、工場自体が大きな唸《うな》り声をあげはじめる。

「なにがはじまるの?」

のんびりとたずねたグーフィーを大きなマジックハンドがつかみあげる。

「アヒョオ!」

「静かにしろって!」

そう言ったドナルドもお尻《しり》をマジックハンドでつかまれた。ポケットから落ちそうになったジミニーがシルクハットをおさえながら慌《あわ》てて布にしがみつく。

「もうちょっとお手柔《やわ》らかに――」

グーフィーがそう告げた瞬間《しゅん》、ふたりはまとめてコックピットへと落とされる。そして、いつのまにかついてきていたプルートがジャンプしてコックピットへと乗り込《こ》んだ。

「プルート！」

「ワン！」

ドナルドの声にプルートがこたえた。そして、3人と1匹を乗せたグミシップのコックピットが静かに閉じると、工場の正面が開いた。ゆっくりとグミシップは発進位置へと昇《のぼ》っていく。

「なんだか緊張《きん》するなぁ」

「――いいから黙《だま》って」

グーフィーの言葉をドナルドが叱《しか》りつけたのとほぼ同時にグミシップは発進位置で停止する。そこには王妃《ひ》とデイジーが見送りに来ていた。

「王を――世界を頼《たの》みます」

小さく祈《いの》るように告げた王妃《ひ》の言葉はコックピットには届かなかったが、ドナルドは親指をたて、デイジーと王妃《ひ》にウィンクを送った。

ぽん、と大きな音がしてグミシップのエンジンが点火され、機体が小さく震《ふる》えだす。

「発進！」

ドナルドは目の前に開いた通路を指差した——が、通路にある矢印は下向き。

「グヮ!?」

突然《とつ》開いた床《ゆか》の穴にグミシップは吸い込《こ》まれ、落ちていく。そして、ディズニーキャッスルの底からさかさまに飛び出したグミシップは、体勢を立て直すと急加速で飛んでいった——。


稲妻《いな》が光ったのとほぼ同時に雨音が屋根を濡《ぬ》らしはじめる。

「——雨？」

ソラは体を起こし、窓の外を見つめる。ここはいつも遊んでいる小島から少し離《はな》れたところにある、ちょっとだけ大きな島。そこにソラたちの家はあった。小さな村にある小さな家がソラの家だ。いつも遊んでいる小島から帰って、ソラはぼんやりと天井《じょう》を見つめていた。今日《きょう》のこと、これからのこと。そんなことを考えていた。

雨音がより一層強くなる。夕暮れが過ぎてから、雨がふることはよくあった。デスティニーアイランドの海は大抵《てい》静かだったけれど、ときにはひどい夕立や嵐《あらし》が島を襲《おそ》うことがある。

でも——。

再び稲妻《いな》が光る。

「島の方角だ！」

ソラはベッドから稲妻《いな》の方角を確認し、跳《は》ね起きた。

こども用の小さな船を漕《こ》いで、ソラは小島へと急ぐ。この小島は大きなリーフに囲まれていて、よほど大きな嵐《あらし》が来ない限り、大きな被《ひ》害はなかった。でも、今はイカダがある。

もしあのイカダが波にさらわれてしまったら――。

幸い、まだ波は高くなかった。これなら、ロープでしっかりココヤムの木に繋《つな》いでおけば大丈《じょう》夫なはずだ。

ゴロゴロと不気味な雷《らい》鳴が島全体を覆《おお》っている。

「なんだありゃ!?」

ふと見上げた星のない夜空に、ソラは黒い光の球体が浮《う》かんでいるのを見つけた。桟《さん》橋に登ると、他《ほか》にも小船があるのが目に入る。

「リクと――カイリも来てるのか!?」

慌《あわ》てて桟《さん》橋から砂浜《はま》へ駆《か》け出すが、突《とつ》然黒い影《かげ》のようなものが地面から現れ、ソラの行く手を阻《はば》んだ。

「――なにがおこってるんだ!?」

ソラは手にしていた木の枝をやみくもに振《ふ》り回すが、手ごたえはあるのに、黒い影《かげ》は消えない。それればかりかどんどんと数が増えていく。

「だめだ、キリがない――」

ソラは、黒い影《かげ》を倒《たお》すのをあきらめ、カイリとリクを見つけようと海岸を走り始めた。

「カイリ――！　リク！」

声は激しい風音にかきけされてしまう。滝《たき》のそばまで来て、ソラはいったん足を止め、あたりを見回す。すると、あの秘密の場所に続く茂《しげ》みの前に、白く大きな扉《とびら》があった。

「なんだ――これ」

ふとソラの脳裏《り》に昼間会った男のことがよぎる。

まもなく光を失う世界――

まさか。でも確かにあの男はそう言っていた。とにかく、今はカイリとリクを探さなきゃ。

押《お》し寄せる黒い影《かげ》を棒切れで追いやりながら、ソラは再び視線を周囲にめぐらせる。

「リク！」

暗闇《やみ》の中に海に向かって立っているリクの姿を見つけて、ソラは走り寄る。ごうごうと吹《ふ》く風がリクの銀色の髪《かみ》をはためかせていた。

「カイリは一緒《しょ》じゃないのか!?」

ソラの問いかけにリクがゆっくりと振《ふ》り返る。

「扉《とびら》が開いたんだ」

「リク？」

リクの様子は明らかにおかしかった。いつものリクとは違《ちが》う。それに扉《とびら》って──なんのことだ？　あの白い扉《とびら》のこと？　それとも──。

「扉《とびら》が開いたんだよ、ソラ。俺《おれ》たち、外の世界に行けるんだぜ！」

リクは興奮した様子でソラに向かってまくしたてる。

「何言ってるんだよ！　それよりカイリは──」

「カイリも一緒《しょ》さ！」

ソラの言葉を遮《さえぎ》るようにリクが声を張り上げる。

「扉《とびら》をくぐればもう帰ってこられないかもしれない。でも恐《おそ》れていては何も始まらない。闇《やみ》を恐《おそ》れることはないんだ！」

そう話し続けるリクの頭上に、黒く光る不気味な球体があった。

「……リク？」

「行こう、ソラ！」

微笑《ほほえ》みながらソラに手を差し伸《の》べたリクの足元に、不気味な闇《やみ》が広がっていた。闇はリクの足に絡《から》みつき、またたくまにその体をおおっていく。

「リク！」

リクに駆《か》け寄ろうとしたソラが、その闇《やみ》に足を踏《ふ》み入れると、闇はソラの体にも這《は》い登る。

「――ソラ」

闇《やみ》の中でリクが微笑《ほほえ》みを浮《う》かべ、その名前を呼んだ。けれど――ソラの手はリクに届かない。リクの姿が闇《やみ》につつまれ、そしてソラも闇につつまれようとした瞬《しゅん》間、闇の中から光が放たれ、闇を打ち消した。

「……ッ！」

あまりのまぶしさにソラは一瞬《しゅん》目を閉じる。そして再び目を開いたとき、ソラの手には光を放つ大きな鍵《かぎ》が握《にぎ》られていた。

――キーブレード……

ソラの中にそう声が響《ひび》く。まるでその声を合図にしたかのように、再び地面から黒い影《かげ》が湧《わ》きあがる。ソラが鍵《かぎ》――キーブレードを振《ふ》り下ろすと、影《かげ》は消えた。

「……リク？」

キーブレードを手にしたまま、ソラはあたりを見回すが、リクの姿が見えない。

「リク！　どこにいるんだよ！　リク！」

リクを探し、ソラはキーブレードを振《ふ》り回しながら走る。黒い影《かげ》たちは倒《たお》しても倒しても沸《わ》きあがってくる。そしてソラは再びあの白い扉《とびら》の前にいた。

「――え？」

扉《とびら》が、まるでソラを迎《むか》えるように、ゆっくりと開いていく。島の中で、カイリとリクを探していない場所はもうここしかないはずだった。ソラは扉《とびら》の中へと走りこむ。

「リク――カイリ！」

そこには、いつもの洞窟《どうくつ》――秘密の場所がいままでと同じように広がっていた。ただひとつ違《ちが》うのは、あの扉《とびら》が鈍《にぶ》い光を放っていること。そして、その扉《とびら》の前には、カイリがいた。静かにカイリは扉《とびら》を見上げている。

「カイリ！」

慌《あわ》ててソラが駆《か》け寄ると、カイリは悲しそうな顔でゆっくりと振《ふ》り返った。

「ソラ……？」

カイリがソラに手を伸《の》ばしたその瞬《しゅん》間、開かなかったはずの扉《とびら》がゆっくりと開いていく。

「――!!」

開いた扉《とびら》から真っ黒い闇《やみ》が噴《ふ》き出し、カイリが吹《ふ》き飛ばされる。まるで爆《ばく》風のような闇《やみ》に押《お》されたカイリをソラが抱《だ》きとめようとした瞬《しゅん》間――カイリがゆっくりとその姿を消し、ソラに重なって消えた。

「カイリ――？」

まるでソラ自身に吸い込まれるように消えたカイリにソラは呼びかける。しかし、大きな音と、風が、ソラを、扉《とびら》を、そして島を吹《ふ》き飛ばしていく。

「――いったい――なにが――どうなってるんだよ！」

砂浜《はま》に放り出され、ソラは拳《こぶし》を地へと叩《たた》きつける。その拳《こぶし》のわずか先はまるで崖《がけ》のように地面がなくなっていた。顔を上げると、あの黒い球体が島全体へと覆《おお》いかぶさっているのが見えた。そして、目の前には、大きな黒い影《かげ》が立ちはだかっている。

ここはもう――俺《おれ》たちのデスティニーアイランドじゃない。

リクもいない――カイリもいなくなった。

じゃあなんで俺《おれ》はまだここにいるんだろう？

砂浜《はま》にはいつくばったままのソラを大きな黒い影《かげ》の腕《うで》が叩《たた》きのめす。

「ぐァ……ッ」

うめき声をあげるソラの手には光り輝《かがや》くキーブレード。

キミの中に眠《ねむ》る力――力はカタチになり――カタチは力を与《あた》える。

どこからか声が聞こえたような気がした。俺《おれ》の中に眠《ねむ》る力――？　俺《おれ》には力なんてない。

リクにだってようやく勝てるくらいの力しかないんだ。だから――。


どこへ行っても、何を見ても……私、かならずここに帰ってこれる。

カイリは消えちゃったよ。リクも。それに島だってなくなろうとしてる。本当にまたここに帰ってこれるのかな？　3人で？

3人がいつまでも一緒《しょ》にいられるように、作ってるの。

ソラの脳裏《り》にカイリの笑顔《え》が浮《う》かんだ。カイリとリクと俺《おれ》。3人がいつまでも一緒《しょ》にいられるように、ここに帰ってこれるように。

俺《おれ》は、コイツと戦わなきゃいけない。

巨《きょ》大な黒い影《かげ》がソラに襲《おそ》い掛《か》かる。

「——ッ！」

キーブレードがまるでソラの心に反応したように、大きな光を放った。負けるわけにはいかない。外の世界を見に行くために、また3人でこの海岸を走るために——。

立ち上がり、大きくジャンプしたソラの一撃《げき》が光の軌跡《きせき》となって、黒い影《かげ》に傷を与《あた》える。

「グァァァアアアアアッ！」

「負けるもんか！」

2度、3度とソラの腕《うで》から放たれるキーブレードが、巨《きょ》大な影《かげ》に光の傷をつけていく。

「おまえなんかに負けない！」

ソラがキーブレードに手ごたえを感じるのとほぼ同時に、影《かげ》は一際《きわ》大きな咆哮《ほうこう》をあげた。

「……やった……」

影《かげ》は雄《お》たけびをあげながら、頭上の黒い球体の中へと飲み込《こ》まれていく。

「――カイリ……」

小さくその名をソラが呼んだ瞬間《しゅん》、呼吸をつくまもなく、大きな球体が唸《うな》りをあげ、島のすべてをその体に引き込《こ》もうとうねりはじめた。ココヤムの木も、小船も、海もすべてが轟音《ごう》とともに飲み込《こ》まれていく。

「く……ッ」

かろうじて残った橋の残骸《がい》にソラはしがみつく。しかし、大きな力がソラの手を橋から引き剥《は》がした。そして、瓦礫《がれき》とともに、球の中へとソラはその姿を消した。

第2章

TRAVERSE TOWN

encounter

この街はすべての人を暖かく迎《むか》える。

ここはトラヴァースタウン。〝異変〟に巻き込まれ、帰る場所を失った人々が集《つど》い作り上げた街だ。ドナルドたちがグミシップでこの街に降り立ったのはついさっき。この街には王様の手紙に書いてあった〝鍵《かぎ》〟について知っている人物、レオンがいるはずだった。

「とりあえずレオンって人を見つけないと――」

そう話しながらペタペタと先頭をきって歩くドナルドについてグーフィーは歩く。そのさらに後ろをプルートが追っていく。

「この街、広いのかな」

「そんなのわかんないよ」

ドナルドのわからない、という言葉にグーフィーはちょっとだけため息をつくと、夜空を仰《あお》ぎ見た。夜空の風景はこの街も、ディズニーキャッスルも同じで、ほんのちょっとだけグーフィーは安心する。星が消えるという異変、いなくなってしまった王様、そして〝鍵《かぎ》〟――。

わからないことと不安なことがいっぱいだ。

夜空にキラリ、と一際《きわ》大きく輝《かがや》く星があった。あの星はいったいどんな星なんだろう――

そんなことをグーフィーが思ったその刹那《せつな》、異変が起きた。

「ドナルド……！」

グーフィーの呼びかけにドナルドも空を見上げる。

「星が、消える」

そのグーフィーのつぶやきと同時に、星がその輝《かがや》きを失っていく。

「……本当に星が消えるなんて——」

今までもお城でそんな話を聞いてはいたけれど、グーフィーが実際に見たのはこれが初めてだった。この目で見るまで信じられないような話だ。王様の手紙の文章を思い出す。

『事は一刻を争う』

本当に星が消えるなんて——なにか悪いことがおきているに決まっている。

2人は顔をみあわせると、早足で街の中へと歩いていく。

「プルート、おいてくよ」

グーフィーの声が聞こえないのか、プルートはくんくんと鼻を鳴らしながら路地裏へと入っていく。路地裏は随分《ずい》と薄暗《うす》いが、プルートはそのまま奥《おく》へ奥へと入っていく。

月明かりがわずかに差し込《こ》むその路地裏に少年が倒《たお》れていた。少年に向かってパタパタとしっぽを振《ふ》りながら、プルートはぺろり、と少年の鼻をなめる。

「……うぅん……」

ゆっくりと少年――ソラは目を覚ました。そのぼんやりとした視界に入っているのは、デスティニーアイランドの海でもなく、そして空でもなく、見たことのない光景と、一匹《ぴき》の犬。

「夢か」

そう。こんな世界は夢に決まっていた。だってあの明るい世界以外を俺《おれ》は知らないから。

再び目を閉じたソラのおなかをプルートが踏《ふ》みつけた。

「んぐっ……夢じゃない？」

ソラは目をこすりながら立ち上がり、あたりを見回す。さっき夢だと思った光景のまま、そこは見たことのない場所だった。見上げればデスティニーアイランドと同じような夜空が広がっているけれど、ソラの知っているその光景よりなんだかちょっぴりかすんで見えた。

「まいったなぁ……おまえ、ここがどこだか知ってるか？」

とりあえず目の前にいる犬にそう尋《たず》ねると、彼は嬉《うれ》しそうに尻尾《しっぽ》を振《ふ》り、走り始めた。

「おい――！」

慌《あわ》ててソラも犬――プルートのあとを追うが、どこの路地へまぎれこんだのか、姿が見えなくなってしまった。大きな広場のような場所で、ソラは再び周囲を見回す。

どうやら人間のいない世界ではないようだった。広場のあちこちを人が行き来している。

「こんなの、見たことない……外の世界？」

まるでおとぎ話の中に迷い込《こ》んだみたいだった。デスティニーアイランドにはこんな風にレンガで出来た広場も、そして街灯も存在しない。

あの球に吸い込《こ》まれて、どうやら外の世界にたどりついたようだった。

それにしても――島は？　リクは？　カイリは？

いったいどこにいってしまったんだろう――。

その瞬間、キラリ、とソラの手元でキーブレードが光る。

棒切れじゃあの影《かげ》に勝つことはできなかったけれど、このキーブレードなら奴《やつ》らを倒《たお》すことができる。そう思えばなんとかやっていけそうな気がした。

「ま、どうにかなるかな。誰《だれ》か――なんだ、あの生き物？」

ソラは広場の中央にいる不思議な生き物に話しかけてみる。

「ここ、どこなんだ？」

「クポ？」

頭の上に丸く赤いボンボンをつけた不思議な生き物がソラを見つめる。

「俺はソラって言うんだ。ついさっきここで目が覚めて――」

「モグはモーグリのクポだクポ」

「？」

どうやらモーグリという種族のクポという名前の生き物らしい。

「ふるさとが影《かげ》に襲《おそ》われて行くあてがないクポ……」

「おまえも影《かげ》に襲《おそ》われたのか?」

「そうだクポ」

悲しそうにクポがうつむくと、頭のボンボンが揺《ゆ》れた。

「そうか……」

影《かげ》に襲《おそ》われたのはデスティニーアイランドだけではないらしい。

「あら、新顔ね」

落ち込《こ》むクポから離《はな》れると、今度は年上の女の人に話しかけられる。

「ここ、どこなんだ?」

さっきクポに尋《たず》ねたのと同じことを再びソラは彼女《かの》に聞いた。

「ここは――帰る場所のない者が集まる街……トラヴァースタウン」

「俺《おれ》はデスティニーアイランドから来たんだけど、お姉《ねえ》さんはどこから?」

ソラの問いに彼女は悲しそうに笑った。

「この街でその質問はしてはならないわ。みんなつらい思い出があるのよ」

「じゃあお姉《ねえ》さんの住んでいたところも影《かげ》に――」

「野暮《やぼ》なことを聞かないで……そうね、あなたの知りたいことはきっとあのアクセサリー屋の店主が教えてくれるんじゃないかしら」

悲しそうな瞳《ひとみ》で彼女《かの》はそう告げると、広場の階段を登《のぼ》った先にある一軒《けん》の店を指差した。

「わかった。ありがとう！」

ソラは広場を突《つ》っ切ると、階段を駆《か》け上る。

そのソラの上空で、また星がひとつ、消えた。


「おう、らっしゃい……なんだ、ボウズ？」

カウンターでソラを出迎《むか》えたのは、頭にゴーグルをつけ、タバコをくわえ、シャツに腹巻というファッションの、アクセサリー屋の店主、という言葉からは程《ほど》遠い中年の男性だった。

「ボウズじゃない、ソラだ！」

ソラはカウンターに駆《か》け寄ると、キーブレードを構え、そう言い返す。

「悪りィ、悪りィ。んで、どうした？ ソラ。なんだ女の子へプレゼントか？」

「そんなんじゃない！」

ちょっとからかうようなその口調にソラは口をとがらせて反論する。

「じゃあ〝迷子〟か？」

「ちが──わないか。あのさ、俺《おれ》、気がついたらここにいたんだけど……」

ソラの言葉に男は腕《うで》を組むと、低い声でこう告げた。

「もうちょっと詳《くわ》しく話してみろ、ソラ」

「えーと、俺《おれ》はデスティニーアイランドってところから来たんだけど──」

今までの出来事をソラは話し始める。島のこと、影《かげ》のこと、カイリとリクのこと。目の前にいる男はその話を真剣《けん》に聞いてくれて、少しだけ安心する。

「なるほどねぇ――」

ソラが話し終わると、男は考え込《こ》むように黙《だま》ってしまう。

「ここは……外の世界なのか？　オッサン」

「オッサンじゃねぇ、シドだ！」

「じゃあ、シド。ここは外の世界、なんだよな？」

腕《うで》を組んだままのシドの顔を覗《のぞ》き込《こ》みながらソラは尋《たず》ねる。

「外の世界かどうだかわからねえが、おまえさんがいた島じゃねぇのは確かだ」

望んでいた形で島を出ることはできなかったけれど、ここが外の世界なことは間違《ちが》いないようだった。だとしたら、カイリとリクはどこへ行っちゃったんだろう？

それに、島のみんなは？

「そっか……なあ、シド。カイリとリクもこの世界にいるのかな？」

「さぁな。俺《おれ》にはわからん」

不機嫌《げん》そうにシドは眉《まゆ》をしかめる。

「俺《おれ》、カイリとリクを探してみるよ」

しっかりとした口調でそう告げたソラにシドは初めてニッと歯を見せて笑った。

「何か知らねえが、しっかりな！　どうにも困った時にはこのシド様のところに来いや。力になるぜ！」

「わかった！　ありがとう！」

ぴょこんと頭を下げると、ソラはキーブレードを握《にぎ》り締《し》め、駆《か》けるように店を出て行く。カウンターに肘《ひじ》をつきその背を見送ったシドは、扉《とびら》が閉じるのを見届けると、大きく伸《の》びをした。

「……キーブレード……あいつが〝鍵《かぎ》〟とはね……レオンに連絡《らく》するか……」

シドは誰《だれ》に聞かせるでもなく、ただぼそりと呟《つぶや》くように言った。


「この街の中にいるといいんだけど……」

ソラは街の中を走り回っていた。街に住む人たちに話を聞くうちにわかったことは、この街がとても広いことだった。ソラが目を覚ましたこの場所は1番街。この先には2番街と呼ばれる街があって、さらにその奥《おく》には3番街まであるという。それに外の世界はどうやらこのトラヴァースタウンだけではないようだ。デスティニーアイランドと同じようになくなってしまった世界がたくさんあるということは、このトラヴァースタウンと同じように影《かげ》に襲《おそ》われていない世界もきっとたくさんあるのだろう。もしかすると、カイリとリクはトラヴァースタウンではない他《ほか》の世界にいるのかもしれない——そう思うとちょっぴりため息が出てくる。

路地から路地へと走り回ると、ちょっと大きい扉《とびら》の前に出た。

「お、新顔だな。この先はちょっと危ないから気をつけろよ」

扉《とびら》の向こうからやってきた少年がソラに声をかけていく。彼も影《かげ》によってなくなってしまった世界からこの街にやってきたのだろうか。

「危ないって？」

ソラは少年にたずねる。少なくとも1番街を歩き回った雰《ふん》囲気では、この街が危ない場所だとはとても思えなかった。

「行ってみりゃわかるさ。それにしても今日《きょう》はよく新顔を見かけるなあ……どこかの世界が影《かげ》に襲《おそ》われたのか？」

「新顔って……俺《おれ》のほかにも今日《きょう》この街に来た奴《やつ》がいるのか？」

少年の問いかけには答えず、ソラは逆に聞き返す。

「そうみたいだな。この扉《とびら》の先——2番街の方で見たぜ。2人組のちょっとへんなコンビだったたな」

「ありがと！」

「お、おい！」

もしかしたら、カイリとリクかもしれない——。

ソラは期待に胸を膨《ふく》らませ、2番街への扉《とびら》を開いた。

扉《とびら》を開いた先は少し細い路地になっていた。

「カイリー！　リク！」

呼びかけに返ってくる声はない。少しがっかりして、路地を進もうとしたソラの前に突《とつ》然、ひとりの男性が曲がり角から倒《たお》れこんできた。

「うわっ！　だ、だいじょうぶ――!?」

助けようとしたソラの目の前でその男の胸が赤く光り始め、キラキラと光るハート型のものが浮《う》き上がり、宙に浮かぶように現れた小さな黒い球へと吸い込《こ》まれていく。

あれは――島で見た黒い球!?

思わずキーブレードを構えたソラの前で球体は一瞬《しゅん》人の形になるとそのまま、消えてしまう。

そして、地面から小さな黒い影《かげ》のような怪《かい》物が湧《わ》き出した。

「こいつら！　島に出た……」

それはデスティニーアイランドでソラが倒《たお》した小さな影《かげ》たちだった。

「ここにも出るのか!?」

影《かげ》たちは次々と地面から姿を現し、ソラに襲《おそ》い掛《か》かる。

「――ッ！」

光を帯びたキーブレードを振《ふ》り下ろすと、影《かげ》たちは一撃《げき》か二撃《げき》でその姿を消す。

「キリがない……！」

次から次へと現れる影《かげ》たちを打ち倒《たお》しながら、ソラは2番街の広場を駆《か》け抜《ぬ》ける。

その頃《ころ》、ドナルドとグーフィーは2番街のホテルの中に居た。

「このホテル、誰《だれ》もいないみたいだ」

ホテルの扉《とびら》を開けながら、グーフィーが言う。確かに人の気配はほとんどしなかった。

「レオンさーん!」

ホテルから出る扉《とびら》を開けてドナルドがそう叫《さけ》ぶ。

「どこにいるんだろ?」

グーフィーがぐるりと周囲を見回す。

「あれ?」

グーフィーが2番街の広場を目を細めて見つめる。

「なんだよ、グーフィー」

「今誰《だれ》か通らなかった?」

「グァ~?」

ドナルドも広場の方を見つめるが誰《だれ》もいない。

「お化けでも見たんじゃないのか?」

「そうかなぁ……」

ソラは影《かげ》を避《さ》けるように路地に滑《すべ》り込《こ》み、呼吸を整える。あんなにたくさん影《かげ》が出てきたら、体力がいくらあってもたりない。大きく腕《うで》を広げ、深呼吸をする。勝つにはまず落ち着くこと。それから敵の裏をかくこと。そうワッカが言ってた。

大丈夫《じょうぶ》——負けたりなんかしない。

そしてソラは3番街への扉《とびら》を開ける。

2番街の路地裏をきょろきょろとしながらドナルドとグーフィーは歩いていた。

「やっぱり誰《だれ》もいないよ」

怯《おび》えた声でグーフィーが言う。

「しっかりしろよ。王宮騎《き》士隊長の名が泣くぞ……グワッ!?」

突《とつ》然背中をつつかれて、ドナルドは飛び上がりグーフィーにしがみつく。

「あなたたち、王様のおともだち?」

その言葉にふたりが振《ふ》り返ると、そこには淡《あわ》いピンク色の服を着た笑《え》顔の少女が立っていた。

「王様を知ってるの!?」

「ええ——」

彼女《かの》はにこやかにグーフィーの問いに答え、微笑《ほほえ》んだ。

「グーフィー、敵の罠《わな》かもしれない」

ドナルドは彼女《かの》を警戒《かい》して、魔《ま》法の杖《つえ》を握《にぎ》り締《し》める。

「こんな綺麗《きれい》な女の子が敵なわけないよ」

「わかんないぞ――」

そう言いながらドナルドはじりじりと後ずさりしていく。グーフィーが困ったように、ドナルドと少女を見比べると、彼女《かの》はひとつに編み上げた茶色くて長い髪《かみ》を揺《ゆ》らし、ちょっと困ったような顔をして、また笑った。

「あなたたち、レオンを探しているんでしょう？」

「――レオン!!」

彼女《かの》の言葉にドナルドとグーフィーは同時に飛び上がる。

「王様から話は聞いているわ。ここじゃ危ないから――行きましょう」

周囲をちらりと見回すと、彼女《かの》は歩き始める。

「あ、あの――どうする？　ドナルド」

「こんな綺麗《きれい》な女の子が敵なわけない！」

ドナルドの言葉に彼女《かの》は振《ふ》り返って笑う。

「あなたたちはドナルドにグーフィー、よね。私はエアリス。よろしくね」

「やっぱりいないや……」

3番街を走り回り、再び2番街へと戻《もど》ってきたソラは大きな噴《ふん》水の前で、夜空を見上げる。

あの男の子がいっていた新顔の2人って、カイリとリクじゃなかったのかなぁ……。

なんとなく、この街で誰《だれ》かに会えるような気がしていた。でもこんなに探したのにリクもカイリも見つからない。

「どうすればいいんだろ……」

そういえばアクセサリー屋のシドが、困ったら店に来るように言っていたことをソラが思い出した瞬《しゅん》間、また地面からあの黒い影《かげ》が現れた。

「しつこいなぁ……！」

ソラはキーブレードを構えると、影《かげ》たちに向かって走りこむ。どうやらキーブレードの扱《あつか》いにも随《ずい》分慣れてきたようだ。

「きっと見つかるよな」

ソラは影《かげ》たちを打ち倒《たお》すと、1番街へ戻《もど》るために走り出した。

「おう、らっしゃい……なんだ、ソラか」

「なんだとはなんだ！」

初めてこの店を訪ねたときと同じように出迎《むか》えたシドに、同じようにソラは言い返した。でもカウンターに走り寄る元気はなくて、とぼとぼと歩いてカウンターに向かう。

「なんだ、まだダチに会えねぇのか」

「うん……」

どうやらシドはなんでもお見通しらしい。

「でも！　誰《だれ》かに会えるような気がするんだ！」

「ふぅん……」

ソラの言葉にシドは無精《しょう》ヒゲを撫《な》でる。

「なら、まだあきらめるのは早いぜ。もう一回りしてきな」

「そうかなぁ……」

「そうだ」

いまいち自信なさげに言うソラに、シドは親指をたて、ニヤリと笑う。

「わかった。もう一回りしてくる！」

「ボウズは元気が身上だからな」

「ボウズじゃない！」

なんだかシドに会ったら元気が出てきたような気がして、ソラは再び店を走り出る。そのソラに声をかけた男が居た。

「やつらはどこにでも現れる」

「誰《だれ》だッ!?」

ソラは店の前の階段を飛び降りると、背後に立っていた男にキーブレードを構えた。

「逃《に》げ回ってもすぐに追いつかれる——おまえがキーブレードを持っている限りはな」

銃《じゅう》身の先に大きな刃《は》のついた剣《けん》——ガンブレードを背負った男は静かにそう告げた。彼《かれ》は夜風に長い髪《かみ》をなびかせながら、口元に笑《え》みをたたえている。

「しかし子供とはな」

ふぅっと息を吐《は》きながら男は拍《ひょう》子抜《ぬ》けしたように肩《かた》をすくめる。その瞬《しゅん》間、髪《かみ》の毛が風に揺《ゆ》られて、額に大きな傷があるのが見えた。

「あんたに子供扱《あつか》いされたくないね」

「悪かったな。キーブレード、見せてくれないか?」

近づいてくる男にソラは身構える。

「おまえもあいつらも仲間なのか?」

その言葉に男は口の端《はた》をゆがめて笑った。

「——おまえが手を離《はな》さないというなら仕方ない」

男は背負っていたガンブレードを振《ふ》り下ろすとまっすぐソラに向かって構えた。その瞬《しゅん》間、銃《じゅう》身についている鎖《くさり》が音を立てた。その先についたライオンの形をした銀のヘッドが月の光を受けて、鈍《にぶ》い光を放っている。

「やっぱりあいつらの仲間なんだな」

「それはどうかな――？」

一気に間合いを縮められ、強烈《れつ》な一撃《げき》がソラを襲《おそ》う。

「……………ッ!!」

ソラはかろうじてキーブレードで男の剣《けん》を受け止めるが、その重さに押《お》し切られそうになる。

この男――今まで戦った誰《だれ》より強い。ワッカより、ティーダより、リクより強い。

「なかなかやるじゃないか」

男は笑顔《え》を浮《う》かべたまま跳《は》ね避《さ》けた。今の一撃《げき》だけでソラの息は切れている。

かなわないかもしれない――。

「じゃあ今度はどうかな？」

ガンブレードが横から襲《おそ》い掛《か》かってくる。ソラはかろうじてジャンプで避《さ》けるが、そのスピードについていくのがやっとだ。男の不敵な笑《え》みが悔《くや》しい。まるで遊ばれているみたいだ。

「まだまだ！」

今度は連続してガンブレードが打ちおろされる。がつんがつんとキーブレードを通じて体に伝わってくる振《しん》動が痛い。

「くッ！」

呻《うめ》きながらもソラは男のガンブレードを避《さ》けるように後方へジャンプすると、男のふところへと走りこむ。

「——やあああああッ！」

下から切り上げたその一撃《げき》は確かに手ごたえがあった。だが——。

「まだまだだな」

がつん、と脳天に衝撃《しょうげき》が走り、吹《ふ》き飛ばされる。一瞬《しゅん》なにが起きたのかわからなかった。ただ空中を飛ばされている時間がやけに長くて、ゆっくりと流れる夜空が見えた。

仰《あお》向けに倒《たお》れたソラはどん、と頭を石畳《だたみ》に強打し、その意識を手放す。

「ふぅ——」

男はガンブレードを下ろすと大きくため息をつく。その後ろから拍《はく》手の音が聞こえた。

「ここで見つかるなんてラッキーじゃない、レオン」

男——レオンが振《ふ》り返ると、そこには黒髪《かみ》の少女が立っていた。彼《かの》女は肩《かた》をすくめると、にっこりと笑う。その背には大きな手裏剣《りけん》を背負っている。どうやら、彼《かの》女も戦うようだ。

「シドが教えてくれたのさ」

「ふーん」

彼《かの》女はソラへと駆《か》け寄り、そっとその額に触《ふ》れる。ソラは戦いに負けたというのに、なんだか気持ちよさそうな顔でその瞳《ひとみ》を閉じている。

「大きな怪我《けが》はないみたいね」

「あたりまえだ。手加減してやってるんだからな」

レオンは剣《けん》を背中に納めると、ソラに歩み寄り、背中にかつぎあげた。

なんだか頭がぐらぐらする。ちょっと痛いような気もする。えーと、どうしたんだっけ？

「もう、ソラ、だらしないな～」

カイリの声がして、ソラはゆっくりと意識を覚醒《せい》させる。目の前には心配そうにソラを覗《のぞ》き込《こ》むカイリの顔があった。

ようやく会えた――。

「だいじょうぶ？」

「うん――」

ソラはゆっくりとからだを起こし、夢じゃないかとぼんやりとカイリの顔を見つめる。

「あいつらはね、君のキーブレードを狙《ねら》ってるの。正確には――キーブレードを持っている君の心をね」

「無事でよかった、カイリ……」

ソラはほっと胸をなでおろす。あとはリクを見つけるだけだ。

「誰《だれ》それ？　私はね――可愛《かわい》いユフィちゃん！」

「へ？」

ソラは目の前にいる少女の顔をじっと見つめる。髪型《かみ》はカイリによく似ていたけれど、髪の色も、顔もまるで別人だった。ユフィは振《ふ》り返ると、背後に立っていた男を見上げた。

「スコールが無茶するからだよ」

「レオンと呼べ」

答えたのは、さっき広場で戦ったあの男だった。

「おまえ——」

「俺《おれ》たちは敵じゃない。よく周りを見てみろ」

体をこわばらせたソラにレオンはやわらかい口調で告げた。

「ここ——」

ここは2番街にあったホテルの一室のようだった。ソラが寝《ね》ていたのは、ふかふかと寝心地のいいベッドで、傍《かたわ》らには、どうやら額を冷やしてくれたらしい濡《ぬ》れたタオルが落ちている。

そして、壁《かべ》にはキーブレードがたてかけてあった。

「ちょっと手荒《あら》だったけど、あいつらをまくには、君がキーブレードを手放すか——」

「おまえが心を隠《かく》す必要があった」

心を隠《かく》す？

ユフィの言葉に続いたレオンをソラは見上げる。

「おまえが意識を失えば、おまえの心は見えなくなる。といっても、ほんの一時しのぎだけどな。それにしてもおまえが選ばれし者とは――」

レオンはキーブレードを手にとり、そのまま振《ふ》り下ろす。その途端《とたん》、キーブレードは輝《かがや》きを放ちながらレオンの手から消え、ソラの手に握《にぎ》られた。

「頼《たよ》りないが、仕方ない……か」

「全然わかんないって！　ちゃんと説明してくれよ！」

ソラの言葉にユフィとレオンは顔を見合わせる。

エアリスの前でドナルドたちは神妙《みょう》な顔つきでその話を聞いていた。ここは2番街のホテルの一室。さっきレオンを探して来たときは誰《だれ》もいなかったはずなのに、どうやら隣《となり》の部屋《へ》にも誰かがいるような気配がする。

「あなたたちのお城や、この街のほかにもいろいろな世界があるのは知ってるわね？」

「うん」

グーフィーは頷《うなず》くと続ける。

「でも誰《だれ》にも言っちゃいけないんだよ」

「そう――今までは世界がまじわることなんてなかったから誰《だれ》も知らなかった。でもハートレスが現れて、事情……変わっちゃった」

少し悲しげにエアリスは顔をうつむける。

「ハートレス？」

「あなたたちはまだ会ったことがないかもしれないわ。黒い影《かげ》——それがハートレス」

ドナルドの言葉にエアリスはそう告げ、立ち上がる。

「おばけみたいなものかな？」

「そうね。〝心の闇《やみ》〟に住むおばけみたいなものかもしれない」

ゆっくりとその歩みを進めたエアリスは窓の前に立ち、そっと夜の街を見つめた。

「奴《やつ》らは人の〝心の闇《やみ》〟に反応して襲《おそ》い掛《か》かってくるの。誰《だれ》の心にも闇《やみ》はあるわ……」

「僕《ぼく》らにはないよ！」

ジャンプしながら答えたドナルドに、エアリスはゆっくりと首をふる。

「何かを恐《おそ》れる心さえも闇《やみ》になる。時にはね」

エアリスはなにかを思い出したのか、少しだけ悲しそうな顔をした。

「ねえ、アンセムって人知ってる？」

まるでエアリス自身の闇《やみ》を振《ふ》り払《はら》うように彼女《かの》は笑うと、ドナルドたちにたずねた。

「アンセムぅ？」

グーフィーは首をかしげ、ドナルドと顔をみあわせる。そんな名前は聞いたこともなかった。

「ハートレスの研究してた人。その人のレポートに、ハートレスのこと、いろいろ書いてあったの」

「そのレポート、見せて」

手を差し出したグーフィーにエアリスは静かに首をふる。

「あちこちに散らばっちゃってる」

「あちこち？」

「いろいろな世界」

聞き返したドナルドにエアリスは再びベッドに腰掛《こしか》けると答えた。

「ハートレスって奴《やつ》が現れて――世界がまじりあって――それで星が消えて――んでハートレスって奴《やつ》のことはレポートに書いてあって――僕《ぼく》らの王様がいなくなった――ってことは……？」

考えながら言ったドナルドにぽん、とグーフィーが手を打った。

「じゃあ僕《ぼく》らの王様は……！」

「レポート探しに旅立った……かもね」

「早く追いかけなきゃ！」

グーフィーがせかすようにドナルドの背中を叩《たた》くが、ドナルドは腕《うで》を組んだままエアリスにたずねる。

「その前に鍵《かぎ》が必要なんだよね？」

「そう、鍵《かぎ》――キーブレード」

エアリスは隣《となり》の部屋《へ》へと視線を向ける。

「鍵《かぎ》？　これが？」

「そそっ！」

キーブレードを掲《かか》げ見つめるソラにユフィが相槌《づち》を打ち、レオンが続ける。

「キーブレードはハートレスにとって邪魔《じゃま》なものなんだ。だから持ち主のおまえは狙《ねら》われる」

「俺《おれ》、こんなの、いらないって」

「キーブレードが持ち主を選ぶんだってさ。あきらめなさい！」

ぽん、とキーブレードを叩《たた》いたユフィを見ながら、レオンは皮肉な笑みを浮かべる。

「災難《さい》だったな」

「災難《さい》って――そんな……だって俺《おれ》は部屋《へ》でボーっとしてたら――あッ！」

ソラは突《とつ》然島のことを思い出し立ち上がる。

「俺《おれ》の部屋《へ》は？　家は？　島は？　リク！　カイリ!!」

不安そうな顔でソラはレオンを見上げるが、レオンはゆっくりと首をふる。

「だって――！」

「落ち着け――話はまだあるんだ」

レオンはソラに再び座《すわ》るように視線で促《うなが》すと、言葉を続けた。なんだかレオンの言葉には従わなきゃいけないような気がして、ソラは再びベッドに腰掛《こしか》ける。それでも心臓はまだドキドキと脈打ったままだ。

カイリ、リク——島……。

いったいどうなったんだ？

「大きな扉《とびら》が開くのを見なかったか？」

「……見た」

大きな白い扉《とびら》、それから——多分、その前にも扉を見てる。

「世界にはそれぞれ鍵《かぎ》穴がある。そして、その鍵穴は世界の中心に続いている」

「世界の中心……？」

「そこがどんな場所なのかはまだわからない。ハートレスたちは鍵《かぎ》穴を求めて出現するんだ」

レオンは長い前髪《がみ》をかきあげると、ちらり、と隣《となり》の部屋《へ》を見た。

「その鍵《かぎ》穴からハートレスが世界の中心にいって、影響《えいきょう》を与えるんだって」

ユフィは人差し指でキーブレードに触《ふ》れながらソラの顔をのぞきこむ。

「そしたら——どうなるんだ？」

「鍵《かぎ》穴から闇《やみ》が噴《ふ》きだして、世界がなくなっちゃう」

「え!?」

ソラはベッドから立ち上がり、レオンとユフィを見つめる。

あの大きな扉《とびら》。そして噴《ふ》き出した闇《やみ》。崩壊《ほうかい》した島……。

「俺《おれ》たちの世界みたいに？」

「そうだ。だからおまえは鍵穴《かぎ》を閉じなきゃいけない」

レオンは毅《き》然と告げるが、ソラは弱々しく首を振《ふ》った。

「でも俺《おれ》は、カイリとリクを探さなきゃ……」

「崩壊《ほうかい》した世界は、いろいろな世界に散り散りになる」

「だからね、もしかしたら世界を回っているうちに、友だちに会えるかもしれないよ」

やさしく告げたユフィの言葉にソラは顔をあげた。

「実際には、俺《おれ》たちにもまだよくわかっていないんだ」

「わかった――鍵《かぎ》を閉じればいいんだよな？　でもどうやって世界を回れば……」

ソラがそう聞いた瞬《しゅん》間、奇妙《きみょう》な気配がした。

「レオン！」

ユフィが壁《かべ》の隅《すみ》を指差した。その先に黒い影《かげ》――ハートレスが現れた。

「ユフィ！　先に行け！」

レオンの言葉にユフィが背中の手裏剣《りけん》を取り出し、隣《となり》の部屋《へ》へと駆《か》け出して行く。

「ついてこい！　ソラ！」

まごついているソラにレオンが声をかけた。

「でも……！」

「おまえの心をかぎつけ、ハートレスがやってきたんだ！　おまえの……キーブレードの持ち主の〝心の闇《やみ》〟にな！」

「闇《やみ》――」

「しっかりしろ、ソラ！」

ソラに襲《おそ》い掛《か》かろうとするハートレスをレオンがどんどんと倒《たお》していく。だが、ソラは動かない――動けなかった。

ソラの手元できらきらとキーブレードが光っている。

消えてしまう世界――消えてしまった世界――デスティニーアイランド。

いなくなってしまった友だち……カイリ、リク。

俺《おれ》がやらなきゃいけないこと。

「ソラ!!」

「わかった！」

ソラはようやく立ち上がると、キーブレードを握《にぎ》り締《し》める。

「行くぞ！」

レオンがガンブレードを振《ふ》り下ろすと、ハートレスが吹《ふ》き飛ばされ、ホテルの窓ガラスが割れた。そのままレオンは窓から外へと飛び降りる。それにソラも続いて、飛び降りる。ホテルの裏の路地はハートレスでいっぱいだった。倒《たお》しても倒《たお》してもハートレスが現れてくる。

「ザコをいくら倒《たお》しても無駄《だ》だ！　こいつらを率いている奴《やつ》を探すんだ！　行くぞ！」

レオンはソラにそう伝えると、走り出した。ソラもそのあとを追う。

「と、いうわけなの———」

「やっぱり鍵《かぎ》が必要なんだね」

ドナルドが聞き返したその瞬《しゅん》間、隣《となり》の部屋《へ》から大きな物音がして、勢いよく扉《とびら》が開き、黒髪《かみ》の少女が飛びこんできた。

「エアリス！」

「———ユフィ!?」

エアリスがベッドから立ち上がる。

「ハートレスが現れたよ！　この部屋《へ》は危ない！」

ユフィは隣《となり》の部屋《へ》から現れたハートレスを打ち倒《たお》しながら叫《さけ》んだ。

「こ、この人たちがハートレス？」

「そうよ！」

盾《たて》に身を隠《かく》しながら言ったグーフィーにユフィが答える。

「行くぞ！　グーフィー！」

杖《つえ》を振《ふ》り下ろしながらドナルドが叫《さけ》んだ。

その瞬間《しゅん》――――。

「危ない！」

扉《とびら》から飛び出したハートトレスがドナルドたちに体当たりする。

「グァ!?」

がしゃーん、という窓の割れる大きな音とともにドナルドとグーフィーは吹《ふ》き飛ばされ、空へと舞《ま》った。

「グワワワワヮヮワワヮヮヮヮワワァァァァァ～～!?」

「アヒョォォォォォォォォォォォオオォォォォ～～!?」

ドナルドとグーフィーの悲鳴が夜の街にこだました。


頭上から聞こえた奇妙《きみょう》な悲鳴に、ソラは思わず空を仰《あお》ぐが、一瞬《しゅん》だけ遅《おそ》かった。

「グワァゥ!?」

「アヒャァ!?」

「ぷぎゅっ……」

ソラの真上にまずドナルドがお尻《しり》から、そしてグーフィーが頭から着地する。

「なんなんだよ……もう～」

2人に押《お》しつぶされたソラは、キーブレードを握《にぎ》り締《し》めたまま、つぶやいた。

「鍵《かぎ》だァ！」

そうソラの背中の上から声が聞こえた瞬《しゅん》間、2番街に異変が起きた。

「な、なんだぁ!?」

3人はほぼ同時に立ち上がると、それぞれの武器——ソラはキーブレード、ドナルドは杖《つえ》、グーフィーは盾《たて》を構えた。轟《ごう》音とともに、地面から石柱がせりだし、ソラたちは2番街の広場に閉じ込《こ》められてしまう。

そして、ハートレスが次々と地面から湧《わ》き出し、ソラたちへと向かってくる。

「来るぞ！」

ソラが叫《さけ》ぶ。

こうなったらこの3人で戦うしかない。

「まかせとけ！　ファイアー！」

「いっくぞ——！」

ドナルドの杖《つえ》から炎《ほのお》が放たれ、グーフィーがハートレスに突《とっ》進していく。

この2人に負けるわけにはいかないと、ソラもハートレスの群れの中に飛び込《こ》んだ。数がちょっとだけ多いけれど、この3人なら大丈《じょう》夫だという確信がソラにはあった。

「やるじゃん！」

「こう見えても王宮魔導士《まどうし》なんだ！」

ハートレスを倒《たお》したソラの声にドナルドが答える。

「また来た！」

言葉をかわす2人にグーフィーが声をかける。ソラのキーブレードがハートレスを吹《ふ》き飛ばし、ドナルドの魔《ま》法がとどめをさせば、グーフィーがアタックしたハートレスをソラのキーブレードが切り伏《ふ》せる。まるでずっと仲間だったかのように、3人の息はぴったりだった。

ハートレスをすべて倒《たお》した瞬《しゅん》間、3人ははじめて視線をかわし、笑《え》顔を浮《う》かべた。

だが、その瞬《しゅん》間、空からバラバラと大きな鉄の塊《かたまり》が落ちてくる。

「グワワワワァッ？」

ドナルドが塊《かたまり》の下敷《じ》きにならないよう、あっちこっちを走り回る。そして、跳《は》ね回りながら鉄の塊《かたまり》は中央に集まると、巨《きょ》大なヨロイとなって組み上げられていく。

「こ、これもハートレスなの!?」

怯《おび》えて盾《たて》に身を隠《かく》したグーフィーの言葉にソラは頷《うなず》く。

「これが多分親玉だ！」

ソラの叫《さけ》びとほぼ同時に、大きなヘルメットがヨロイの上に載《の》った。

巨《きょ》大なハートレス——ガードアーマーがソラたちの前に立ちふさがる。

「か、か、勝てるかなぁ……？」

「……3人で力をあわせれば大丈夫《じょう》さ」

ソラはキーブレードを肩《かた》にかつぎながら、ドナルドとグーフィーを見つめる。

「キミと一緒《しょ》に戦ったことなんてないのに?」

「大丈《じょう》夫！　俺《おれ》はソラ！」

ソラがニッと口の端《はた》をあげて笑う。

「ドナルドだ」

「僕《ぼく》、グーフィー」

3人が名乗りあった瞬《しゅん》間、ガードアーマーが襲《おそ》い掛《か》かってきた。

「行くぞ！」

ガードアーマーのふところへと3人は走りこむ。まずはソラがジャンプして胴《どう》体に一撃《げき》をくわえる。だが、ガードアーマーはびくともしない。

「グァ！」

それぞれのパーツがバラバラに動いているガードアーマーの足にいきなりドナルドが踏《ふ》み潰《つぶ》された。

「大丈《じょう》夫?」

グーフィーがドナルドに駆《か》け寄り助け起こす。一方、ソラは追いかけてくるガードアーマーのもう片方の足から逃《に》げ回っていた。

「イテテテテ。この～！　ファイアー！」

起き上がったドナルドの魔法《ま》が右手にヒットするが、ガードアーマーはやっぱりびくともせず、胴体《どう》とは別行動の足がひたすら3人を追いかける。

「やっぱりダメだぁ～」

左足に追われて、グーフィーが盾《たて》に身を隠《かく》し、広場のすみっこに逃《に》げ込《こ》む。

「このッ！　このッ！」

続けざまに右足にドナルドが魔法《ま》を放つと一瞬《しゅん》だけ、ガードアーマーの右足がひるんだようだった。そしてその右足にソラが走りこみ、一撃《げき》を加える。

がつん、と大きな手ごたえがあった。

「わかった！　みんなでそれぞれのパーツを集中して攻撃《こうげき》しないとダメなんだ！」

右足に集中攻撃《こうげき》を加えながらソラが叫《さけ》ぶと、広場の隅《すみ》からグーフィーが突《とっ》進してくる。

「いやあああああぁ！」

「ファイアー！」

グーフィーの盾《たて》が大きなダメージを与えたその直後、ドナルドの魔法《ま》が炸裂《さくれつ》した。

「やった！」

ソラのガッツポーズとともに右足がはじけとんだ。

「次は左足だ！」

ソラの声を合図に同じように集中して攻撃《こうげき》すると、簡単に左足も動かなくなってしまう。

「すごいすごい、すごいぞ〜！」

グーフィーは叫《さけ》びながら今度は右手に突《とっ》進していく。ぐるぐると回るガードアーマーの右手はちょっと攻撃《こうげき》しにくいけど、３人の力をあわせれば大丈《じょう》夫だ。続いて左手も。

「あとは胴《どう》体だけだ！」

ドナルドが立て続けに魔《ま》法を胴《どう》体へ打ち込《こ》むと、グーフィーもジャンプしてアタックを加える。ここまで来たら、とにかくガードアーマーの体力を削《けず》るしかない。

「この――ッ！」

ソラが遠くから大きくジャンプをして、胴《どう》体に大きな一撃《げき》を加えると、まるで糸の切れた人形のようにガードアーマーは動かなくなった。

「こ、これでおしまい……かな？」

「グワッ、グワッ、グワァッ！」

ドナルドが動かなくなったガードアーマーに魔《ま》法を打ち込《こ》み続ける。

すると――。

その胴《どう》体から大きなハートが飛び出しゆっくりと昇《のぼ》っていく。

「あ……」

そして、空を見上げる３人の前でガードアーマーの体が光の粒《りゅう》子となり、消えた。

「やったぁぁぁ！」

ソラがジャンプしてドナルドに抱《だ》きつく。

「グァ!?」

「やったやったやった！」

続いてグーフィーも。

「グァァァァァ！」

2人に抱《だ》きしめられたドナルドは奇妙《きみょう》な声をあげながら、おしつぶされる。

「見事だったぞ、ソラ」

その声にソラが顔をあげると、レオンが壁《かべ》の上に姿を現す。

「見事って——俺《おれ》ひとりで倒《たお》したんじゃないし」

ソラはドナルドの体の上から起き上がると、笑って言う。

「そうそう。この王宮魔導士《まどうし》のドナルド様が——」

しゃしゃり出ようとしたドナルドを、グーフィーが押《お》さえつける。

「もう挨拶《あいさつ》はすんだのか？」

「挨拶《あいさつ》……？　えーと名前はもう知ってる」

「そうか」

レオンは壁《かべ》から飛び降りると、ソラに言った。

「彼《かれ》らはおまえを探していたんだ」

「……俺《おれ》？」

「キーブレードの持ち主を、だ」

ソラはちょっぴり不安そうな表情で、ドナルドとグーフィーを見つめる。

「ねえ、僕《ぼく》らの船でいろんな世界に行ってみようよ」

グーフィーはソラに歩み寄ると、そう告げる。

「いろんな世界――」

「僕《ぼく》らは王様を探してるんだ」

グーフィーがやさしく言った。

「……カイリとリクに会えるかな――」

「会えるよ！　きっと……」

ドナルドが言った言葉に助けを求めるようにソラはレオンを見上げた。

「行ってこい、ソラ。友だちを探すなら、なおさらだ」

「そう……かな……」

本当にカイリとリクに会えるんだろうか。

確かにさっきは3人でうまく戦えたけど、これからもうまくいくんだろうか。

それにいきなりキーブレードって言ったって……ううん。俺《おれ》はさっき自分がやらなきゃいけないことを決めたはずだ。

でも——俺《おれ》にそんな力あるんだろうか。

「ソラ」

ドナルドはソラに呼びかけると、神妙《みょう》な顔つきで言った。

「今のキミは船に乗せられない」

「ええっ!? どうして!?」

ドナルドの言葉に一番驚《おどろ》いたのはグーフィーだった。じっとソラは不安そうな顔でドナルドを見つめている。

「怖《こわ》い顔——さみしい顔はダメ」

ドナルドが一瞬《しゅん》で怖《こわ》い顔とさみしい顔をつくり、おどけるように眉《まゆ》をしかめる。

「あぁ——そうだね。笑《え》顔じゃないとグミシップには乗れない。どうりで僕《ぼく》らの顔は面《おも》白いと思った」

グーフィーもソラに顔を近づけ、怖《こわ》い顔を作る。

「笑《え》顔が船のエネルギー！」

ドナルドはとびっきりの笑《え》顔でそう言った。ソラはうつむいたまま少し考え込《こ》むと——。

「ニーイッ」

その言葉とともに、ソラは目をむき、口を思い切りゆがめて、笑《え》顔を作った。

「グヮハハハハハハ！」

「その顔だよ、ソラ！」

ドナルドとグーフィーが笑い出す。

「でも、その顔……やめて……ッ……アヒョヒョヒョヒョヒョヒョ」

グーフィーは地面を転げながら笑い続ける。

「まったく――」

レオンが苦笑《しょう》する。

「行くよ。俺《おれ》も。会いに行く」

ソラは明るい笑顔《え》でそう言った。

「それじゃあ改めて――ドナルドだ」

ドナルドが手を差し出す。

「僕《ぼく》、グーフィー」

グーフィーもその手をドナルドの上に重ねた。

「俺《おれ》はソラ」

ソラも2人の手に自分の手を重ね合わせる。

「僕《ぼく》たちは仲間だ！」

グーフィーが大きな声でそう言った。

ハートレスがいなくなったトラヴァースタウンは、いつものほんのちょっとだけさみしげな、でもやさしい姿を取り戻《もど》していた。

「なにか困ったことがあったら、トラヴァースタウン《こ》に戻《もど》って来い」

旅の準備を終えたソラたちにレオンが言う。

「わかった」

ソラは笑顔《え》で答え、レオンを見上げた。

「もしかすると王様から連絡《らく》があるかもしれないしね！」

ドナルドが言うと、エアリスが頷《うなず》いた。

「それに――まだ、トラヴァースタウン《こ》の扉《とびら》は見つかっていない。扉《とびら》を閉じない限り、ハートレスはまた出現するだろう」

「ハートレスが現れてもこのユフィちゃんがいれば大丈夫《じょう》だけどねん♪」

ユフィが笑いながら言った。

「おまえたちがまたここにやってくる前に、扉《とびら》は必ず見つけておく」

レオンの言葉に力強くソラは頷《うなず》くと、エアリスが一歩前に出た。

「気をつけて、ソラ」

エアリスは心配そうに告げる。

「大丈夫《じょう》だよ。ドナルドもグーフィーもいるし」

「まかせとけ！」

どん、と自分の胸を叩《たた》いたドナルドにエアリスは笑顔《え》を浮《う》かべた。

「ともだち、見つかるといいね」

「うん！」

「行こう、ソラ」

グーフィーの言葉にソラはゲートへと歩き始める。

「気をつけて行けよ。心を強く持て」

その背にかけられたレオンの言葉に、ソラはキーブレードを頭上に掲《かか》げ、答えた。


ゲートを出るとそこには不思議な世界が広がっていた。小さな潜《せん》水艦《かん》のような、飛行機のような不思議な形をした乗り物――グミシップがソラを出迎《むか》える。

「これがグミシップ。早く出発しよう」

ドナルドがせかすように言うと、その瞬《しゅん》間、ポケットからジミニーが飛び出した。

「私をお忘れじゃないですか？　みなさん」

「うわっ！」

いきなり飛び出したジミニーにソラが尻《しり》もちをつく。

「ご一緒《しょ》させていただくジミニー・クリケットです」

「びっくりした～。俺《おれ》はソラ。よろしくな」

ソラが立ち上がりながら手を差し出すと、その指先をジミニーは握《にぎ》り締《し》める。

「こちらこそ。シップの中からみなさんの様子を見守らせていただきます。さて、みなさん、用意はいいですか？」

「大丈夫《じょうぶ》！　薬も食べ物も、アクセサリーもちゃんと買ったよ」

グーフィーが胸を叩《たた》いて答える。

「ではまいりましょう――。この行く手にはさまざまな出会いや冒《ぼう》険が待っているはずです。このジミニー・クリケットも皆様《みな》の旅をお手伝いさせていただきます」

「たのんだよ、ジミニー」

ジミニーはソラの言葉にうやうやしく一礼すると、今度はソラのポケットに滑《すべ》り込《こ》んだ。

「さ、行くよ。早く王様をさがさないと――」

ドナルドがシップの乗り口へと歩き始める。

「俺《おれ》はカイリとリクを見つける！」

ソラもドナルドのあとを追《お》うように走ると、それにグーフィーが続く。

「鍵《かぎ》穴も閉めないとね！」

そして――3人はまだ見ぬ世界――異空の海へと飛び立った。

第3章 WONDER LAND

first princess

グミシップは異空の海を駆《か》け抜《ぬ》けていく。

「なあ、これどうやって動いてるんだ？」

「どうやってって——グワァッ！　ちょっと話しかけないでくれよ、忙《いそが》しいんだから！」

ソラの言葉に操縦桿《かん》を握《にぎ》ったままドナルドが答え、そのまま大きくシップが斜《なな》めに傾《かたむ》く。

ドナルドの背から目の前に広がる異空の海を見ると、そこには隕《いん》石らしい大きな石や、ヘンな形をした浮《ふ》遊物がたくさん浮《う》かんでいる。操《そう》縦には、集中力が必要なようだった。

「俺《おれ》も操縦したい！」

「無理無理！」

「ちぇ」

ソラはコックピットを離《はな》れ、小さなシップのすみっこに座り込《こ》む。

ちょっとくらい触《さわ》らせてくれてもいいのにさ。

ふてくされているソラを見て、グーフィーがそっと近づき、話しかけた。

「ねえ、ソラ」

「ちょっとくらい触《さわ》らせてくれてもいいと思わないか？　ドナルドのケチ！」

「僕《ぼく》も操縦したことあるけど、けっこう難しいんだよ、グミシップの操縦って」

「そうなのか？」

そう言う間にも、グミシップは大きく旋《せん》回し、ソラたちのからだが傾《かたむ》く。

「俺《おれ》ならもっとうまくやれると思うんだけど……」

操縦桿《かん》を握《にぎ》っているドナルドは集中していて、ソラたちの会話は聞こえないらしい。

「そのうちやらせてくれるんじゃないかな？」

「グミシップは不思議な力で動いていると聞きます」

ぴょこん、とソラのポケットから飛び降りながらジミニーが言った。

「そうそう。だって世界を行ったり来たりできるんだよ」

「ふぅん……」

ソラはシップの内部を見上げる。３人が動き回る分には十分なスペースがあるその内部は、ただの乗り物といった雰《ふん》囲気だ。

「このシップを作っている材料が特別なのです」

「特別って？」

ソラの問いかけにジミニーが解説を続けた。

「グミブロックという特別な素材でできているのです。この素材は――」

「グァ！」

メモを片手に告げたジミニーの言葉をさえぎり、突然《とつ》ドナルドが叫《さけ》び声をあげた。

「なんか見えてきたぞ！」

ドナルドの声にソラとグーフィーはコックピットへと駆《か》け寄る。

「世界ってこんな風になってるのか？」

初めて見る光景にソラは興味津々《しんしん》だ。異空の海に浮《う》かんでいるそのワールドの地面には、ハートの模様がたくさん描《えが》かれていて、そこに緑のアーチ、そして大きなお城があるようだった。見たことのないもの——行ったことのない場所。早く降り立ちたい！

「そうだよ。世界はこんな風にしてバラバラに異空の海に浮《う》かんでるんだ」

「へぇ〜」

キラキラと輝《かがや》くソラの瞳《ひとみ》に、グーフィーとドナルドは顔をみあわせ頷《うなず》きあう。そして、グミシップは急降下で世界へと降りていった。


グミシップが着陸した周囲にはヘンな色をした霧《きり》がかかっていて、先がよく見えない。

「じゃあ、行って来るよ！」

ソラたちは留守を守るジミニーにそう告げると、きょろきょろとあたりを見回しながら、グミシップから同時に飛び降りた。

すると——。

「うわ！」

地面がない。そのまま3人は深い深い穴へとゆっくり浮遊《ふ》しながら落ちていく。

「……なんだか空を飛んでるみたいだ」

下から吹《ふ》き上げてくる風が勢いよくソラのおでこをなでる。

「見て見て！」

グーフィーがまるで泳ぐように手を動かすと、肘《ひじ》をつき居眠《ねむ》りの姿勢をとっておどけた。

そして、すとん、とソラとドナルドは地面に降り立つが、グーフィーは見事に着地に失敗してしまう。

「イテテテ……」

よろよろとグーフィーは起き上がり、腰《こし》をさする。さらにそこにグミシップまで落ちてきた。

「うわ！」

「びっくりしましたよ、もう」

グミシップから、ジミニーが顔を出す。そのとき、3人の目の前を一匹《ぴき》の白ウサギが走りぬけていった。

「遅刻《ちこく》だ、遅刻だ、大大遅刻！　あの方きっとお待ちかね。急いでいかなきゃまた叱《しか》られる、今度はわしの首が飛ぶ。しっちゃかめっちゃか遅《おく》れちまって、歩いていたんじゃ間に合わない」

大きな時計を手にメガネをかけた白ウサギはぱたぱたと走り、廊《ろう》下を曲がっていく。

「なに急いでるんだろ？」

「追いかけてみよう！　グミシップを頼《たの》んだよ、ジミニー！」

首をかしげたソラにドナルドが答え、３人は走り出す。

「扉《とびら》だ！」

３人がようやく通れるくらいの扉《とびら》がそこにはあった。

「でも鍵《かぎ》穴はないよ。それに、白ウサギはこの先に行ったみたいだ」

グーフィーが扉《とびら》を開くと、またその先に扉が見えて、ちょうど白ウサギが扉を開いて先に進んだところだった。

「急ごう！」

白ウサギが開けた扉《とびら》を抜《ぬ》け、さらにその先にあった扉もソラたちは開けて進んでいく。

すると、大きな部屋《へ》に出た。

部屋《へ》には暖炉《ろ》や時計など、まるで誰《だれ》かが住んでいるかのような雰《ふん》囲気もあるが、大きな蛇《じゃ》口があったりと、どこかおかしい。

「あ、白ウサギが！」

グーフィーの言葉に白ウサギを見ると、白ウサギは小さくなって、小さなドアを開け、通り抜《ぬ》けていくところだった。

「小さくなった!?」

慌《あわ》ててソラが扉《とびら》へと駆《か》け寄り、しゃがみこむ。どうやってもソラの体では入れそうもない小さな扉だった。

「どうやってあんなに小さくなったんだろう?」

扉《とびら》を覗《のぞ》き込《こ》みながらソラが言うと、突《とつ》然ドアノブがむにょむにょと動き、口を開いた。

「おまえさんが大きいだけさ」

「しゃべった!」

ドナルドが叫《さけ》ぶと、ドアノブはめんどくさそうに大きくあくびをする。

「あんまり大きな声だから目がさめちまった」

「おはよう」

グーフィーはドアノブに近づくと、覗《のぞ》き込《こ》み、のんきに挨拶《あいさつ》をする。

「なあ、俺《おれ》くらいの年の女の子と男の子、見なかった?」

「あと王様も!」

「それから鍵《かぎ》穴とええと――」

3人は一斉《せい》にドアノブにたずねるが、ドアノブはまた大きなあくびをするだけだった。

「いっぺんに聞かれてもわからない。女の子ならさっき見たね。あと女王様なら知ってるよ」

「きっとカイリだ!」

ソラはそう叫《さけ》ぶが、ドアノブの重そうな瞼《まぶた》はどんどんと下がってくる。

「おやすみ。もう少し寝《ね》かしとくれ」

「ちょっと待ってよ。女の子と女王様はどこにいるんだ？」

「知らないよ」

ドアノブのまぶたはもうほとんど閉じかけているが、ソラは顔を近づけてたずねた。

「待てよ。じゃあどうすれば小さくなってこのドアを通れるんだ？」

「薬があるじゃないか。そこにさ」

ドアノブの言葉にソラたちが振《ふ》り返ると、テーブルの上に青いラベルと赤いラベルが貼《は》られた小さな瓶《びん》が2つ置かれていた。

「これを飲めばいいのか？」

ソラは再び尋《たず》ねるが、いつのまにか眠《ねむ》ってしまっていたドアノブからの返事はなかった。

「女王様って言ってたよね？」

「僕《ぼく》らが探してるのは王様だよ、ソラ」

ドナルドとグーフィーがちょっぴり不安そうにソラを見つめる。

「でも――女の子がいるって言ってたし……」

「それはそうかもしれないけど――」

グーフィーは腕《うで》を組み考え込《こ》んでしまう。

「それに、あの白ウサギがどうして急いでいたのか気になるじゃないか！」

「ま、それはそうだよね」

「それに鍵穴《かぎ》も探さなきゃいけないし……」

ドナルドはそう言いながら、テーブルの上に載《の》っている赤いラベルの瓶《びん》を手にとった。

「なんか描《か》いてあるぞ」

ドナルドの言葉にソラとグーフィーは瓶《びん》のラベルを覗《のぞ》き込《こ》んだ。赤いラベルには小さな木が大きな木になる絵が描《えが》かれている。そして、同じように青いラベルには、大きな木が小さな木になる絵が描《えが》かれていた。

「赤いのを飲むと大きくなって、青いのを飲むと小さくなるんじゃない？」

「毒じゃないよね？」

グーフィーが心配そうに瓶《びん》を見つめる。

「ドアノブが薬って言ってたから大丈《じょう》夫だよ、きっと」

ソラは青いラベルの瓶《びん》を手にとり、いきなり口にした。

「うわっ！　ソラ！」

心配そうにグーフィーが叫《さけ》んだその目の前でみるみるソラは小さくなっていく。

「よし、僕《ぼく》たちも飲もう！」

続いてドナルドが薬を飲み小さくなり、最後にちょっぴり心配そうにグーフィーが薬を飲んで小さくなった。

「別におかしなところはなにもないよ」

「僕《ぼく》たちが小さいこと以外はね」

3人はそれぞれの体を見比べて、異常がないことを確認しあう。それにしても、小さくなるとテーブルはまるで大きな建物みたいだし、椅子《い》だってヘンなツリーみたいだった。そして、あのドアノブのついている扉《とびら》だけが自分たちの体にあったサイズになっている。

「行こう！」

ソラが扉《とびら》に駆《か》け寄ろうとしたその瞬《しゅん》間、突《とつ》然奇《き》妙《みょう》な音とともにハートトレスが現れた。

「ウワァオウ！」

グーフィーが飛び上がった。トラヴァースタウンで戦ったハートトレスたちとは、その姿が異なり、空を飛ぶドラゴンのような姿のものや、太った体のものまでいる。同じなのは、そのすべてに顔がないことだった。真っ黒な顔に2つの目が光っている。

「ここにも！」

ドナルドがそう叫《さけ》ぶやいなや、魔《ま》法をハートトレスに放つと、戦いが始まった。トラヴァースタウンと同じようにハートトレスたちは倒《たお》しても倒《たお》してもその姿を現してくる。

「隣《となり》の部屋《へ》に行かないと、キリがないよ！」

魔《ま》法を放ちながら、ドナルドが叫《さけ》ぶ。

「ここにも大きなハートトレスがいるのかなぁ……」

「とにかく行こう！」

不安そうなグーフィーの背中を押《お》すと、ソラは再びドアノブに話しかける。

「俺《おれ》たちを通してよ！」

しかし、叩《たた》いても蹴《け》ってもドアノブは目を覚まさない。

「どうしよう……」

「ソラ！　向こうに穴が開いてる！」

ドナルドが目ざとく扉《とびら》の傍《かたわ》らにある穴を見つけた。3人はその穴の中へと走りこんでいった。

扉《とびら》の向こうは緑の庭が広がっていた。植え込《こ》みが綺麗《きれい》なハート型に刈《か》り込《こ》まれ、アーチとなってソラたちを迎《むか》える。

「すごいねぇ……僕《ぼく》たちのお城の庭にちょっと似てるよ」

「グァ！　ディズニーキャッスルのが立派だよ！」

そんな言いあいをしながらドナルドとグーフィーはアーチを潜《くぐ》り抜《ぬ》ける。ソラは、とにかく初めて見るものがめずらしくて、きょろきょろと首を動かしている。

ここはワンダーランド。ハートの女王が治める不思議の国。そしてソラたちがいるのはハートの女王の城にある大きな庭だった。

「ねえ、あれ見て！」

グーフィーが指を差した先の壇《だん》上にはちょっぴり太ったおばさん——女王が座《すわ》り、なにやらえらそうにふんぞりかえっている。

「ねえ、ここ通してよ」

その先っぽにスペードがついた槍《やり》でアーチをふさいだトランプの兵隊に、ドナルドは声をかけるが、ふりむいてもくれない。そして、女王の傍《かたわ》らにある壇《だん》の上にあの白ウサギが駆《か》け上がると、ラッパを吹《ふ》き鳴らした。

「なにが始まるんだろ？」

ドナルドが興味津々《しんしん》でその光景を見つめる中、白ウサギが叫《さけ》んだ。

「ただいまより開廷《てい》する」

「裁判をするの？　どうして？」

壇《だん》の前の小さな階段の上に立っていた金色の髪《かみ》の毛の女の子がたずねる。白いエプロンがついた淡《あわ》いブルーのワンピースの肩《かた》が、怒《おこ》ったようにあがっている。

「裁判だって？」

「裁判ってなんなんだ？」

グーフィーの言葉にソラは〝裁判〟について聞いてみる。デスティニーアイランドで裁判なんて言葉は聞いたことがなかった。

「裁判っていうのは、悪い人に罰《ばつ》を与《あた》えるかどうかを決める会議みたいなもんだよ」

「あの女の子が悪いことをしたってこと?」

「とにかく様子を見てみよう」

グーフィーの言葉にソラは成り行きを見つめることにした。


「裁判長はハートの女王陛下」

白ウサギがそう告げると、女王は大きく咳払《せきばら》いをした。

「この娘《むすめ》が今回の事件の犯人であることは間違《ちが》いない。なぜなら、私がそう決めたんだから」

「そんなのってないわ」

女王の独断に少女は声をあげる。

「被告《ひ》アリス。何か言いたいことがあるかね」

白ウサギが少女——アリスにそう聞いた。

「あります。私、悪いことなんてしてないもの。女王だかなんだか知らないけど、あなたみたいにわがままな人、今まで見たことないわ」

はっきりとした彼女の物言いに、白ウサギは女王の癇癪《かんしゃく》が爆《ばく》発しないか、不安そうに首をすくめ、女王を見つめる。

「おだまり! この私を怒《おこ》らせる気かい!」

女王は手にしていた扇《おうぎ》をばしり、と閉じると、立ち上がってそう叫《さけ》んだ。

「判決を言い渡《わた》す！　被告《ひ》アリスは有罪！」

この裁判は女王の言葉ひとつで、すべての罪が確定するひどい裁判のようだった。

「あの子を助けてあげよう」

その言葉を聴《き》いていたソラは、キーブレードを握《にぎ》り締《し》めながら、そう言った。

「でもねえ……それってカンジョウすることになっちゃうよ」

「干渉《しょう》！」

グーフィーの間違《ちが》いをドナルドがジャンプしながら、叫《さけ》んで訂《てい》正する。

「そう。僕《ぼく》らはこの世界に関《かか》わっちゃいけないんだし……」

ひそひそと声を潜《ひそ》めながら3人は話し合う。

「ハートの女王である私を襲《おそ》い、ハートを奪《うば》おうとした罪である！」

女王の叫《さけ》びが3人の耳へも届く。

「ハートを奪《うば》うだって？」

「ってことは――ハートトレス！」

3人は相談をやめ、顔を見合わせる。

ハートトレスが関《かか》わっているというなら、ほおっておくわけにはいかない。

「この娘《むすめ》の首をはねよ！」

「いやよ！　助けて！」

女王の命令に、トランプ兵たちはアリスの元へと走り出す――が、それより早くソラたちはアリスに駆《か》け寄った。

「ちょ、ちょっと待ってよ！」

広場に駆《か》け込《こ》んだソラたちをぎょろりと女王はにらみつける。

「何だ、おまえたちは？　裁判の邪魔《じゃま》をする無礼者め！」

「俺《おれ》たち、真犯人に心当たりがあるんだ」

ソラが大声で女王に告げた。

「バカをお言いでないよ。なら証拠《こ》は？」

「証拠《こ》……」

そう言われても、アリスの無実を証明するための証拠《こ》はなにひとつない。ただ、ハートを奪《うば》うなんてことをするのは、ハートレス以外にありえなかった。

「証拠《こ》がないんだったら、この娘の有罪は確定だよ！」

「じゃあ、証拠《こ》を探してくる！」

「そうだそうだ！」

ソラの言葉にグーフィーがはやしたてる。

「なら、アリスが無実だという証拠《こ》を探しておいで！　証拠《こ》がなければおまえたちの首もはねてやるからね！　本日はこれにて閉廷《てい》！」

女王の言葉に、アリスにおそいかかろうとしていたトランプ兵たちも、それぞれの持ち場に戻《もど》っていく。そして――アリスは大きな鳥かごのような牢《ろう》屋に入れられてしまう。

「大丈《じょう》夫？　絶対証拠《こ》を見つけてくるからね！」

真っ先にグーフィーが彼女に話しかける。

「私、アリスっていうの。あなたたちは？」

「俺《おれ》はソラ」

「僕《ぼく》はグーフィー。で、こっちはドナルドだよ」

3人はそれぞれアリスに名乗ると、ほんのちょっとだけ笑《え》顔を浮《う》かべる。

「はじめまして。こんな時じゃなかったら、たくさんおしゃべりしたいけど……会ったばかりなのに、おかしな裁判にまきこんでしまってごめんなさい」

アリスはうつむきながら、ちょっとだけ早口でそう告げた。

「なんで裁判なんかにかけられたんだ？」

「私の方が知りたいわ。女王様ったら、私の顔を見たとたんに、いきなり犯人だって決めつけたの。初めて会ったばかりなのによ？」

ソラの質問に答えると、アリスは大きくため息をついた。

「ひどい！　そんなの訴《うった》えてやる！」

ドナルドが地団駄《だ》を踏《ふ》んで怒《おこ》り出す。

「君はどこから来たの？」

ソラの問いかけにアリスはほんの少しだけ考え込《こ》むと、言葉を選ぶように話しはじめた。

「ええと……よく覚えてないの。たしか、原っぱでお姉《ねえ》さんたちと本を読んでもらっている時に、不思議な穴を見つけたのよ」

「穴？」

「僕《ぼく》たちが降りてきたのも穴だったよね」

ドナルドとグーフィーが顔を見合わせる。

「のぞいてみたら、まっさかさまに転がり落ちて——気がついたら、ここにいたの」

「外の世界から来たってことかなぁ……」

グーフィーが首を傾《かし》げながら、つぶやいた。

「変だねえ。普通《ふ》の人は違《ちが》う世界を行き来できないのに」

「なんでだろう？」

ひそひそとグーフィーとドナルドが話し合っている。ソラたちだってグミシップがなければ、この世界には来られなかった。なのにどうしてアリスが世界を行き来できるのかわからない。もしかすると、ソラがキーブレードの持ち主であるように、彼女《かの》にも何か秘密があるのかもしれなかった。

「ねえ、外の世界ってなんのこと？」

「ううん。こっちの話」

「こら、被告人《ひ》は静かにしていろ！」

アリスの言葉に見張りをしていたトランプ兵が怒《ど》鳴りつけた。ソラたちは牢《ろう》に近づくと、そっとアリスに囁《ささや》く。

「絶対に証拠《こ》を見つけてくるからね」

「ありがとう――待ってるわ」

アリスは肩《かた》をすくめると、ようやくにっこりと笑った。

「うろうろするな！　目障《ざわ》りだ！　おまえたちもひっつかまえるぞ！」

怒《ど》鳴りつけるトランプ兵から逃《に》げるように、ソラたちはハートのアーチの傍《かたわ》らに行くと、そこで作戦会議をすることにした。

「証拠《こ》っていっても……ハートトレスを連れてくるとか？」

「連れてきたからって証拠《こ》になるかなぁ……」

ドナルドとグーフィーが話し合う横でソラは腕《うで》を組んだまま考え込《こ》んでいる。

「ハートレスの匂《にお》いとか……爪《つめ》あととか……そういうのが証拠《こ》になるんじゃないか？」

「ソラはそんなの見たことある？」

グーフィーの問いにソラは自分のシャツの袖《そで》を見せる。

「見たことはないけど、ほら」

「あ……切れてる！」

ソラのシャツの袖《そで》が小さく破れている。

「さっき戦っているときにつけられたんだ。探せばこういうのがこの世界にあるんじゃないかと思う」

「なんだかヘンな匂《にお》いもするね」

くんくんとグーフィーが袖《そで》の匂《にお》いをかいだ。

「これなら証拠《こ》になるかも」

ソラたちは顔を見合わせると、アーチの横の穴をくぐり抜《ぬ》ける。

そこは、大きなハスが生《お》い茂《しげ》る森だった。

「ここにあるといいんだけどねぇ……」

ドナルドがきょろきょろとあたりを見回す。

「グワワワワ!!」

ドナルドは悲鳴をあげ、飛び上がると、ソラの後ろに隠《かく》れた。

「なんだよ、ドナルド」

「あ、あ、あ、あれ！」

ドナルドがぶるぶると震《ふる》えながら指差した先には、猫《ねこ》の首が浮《う》かんでいた。

「ウワァオウ！」

グーフィーも盾《たて》に隠《かく》れつつ、ソラの後ろに隠れる。

「誰《だれ》だ!?」

ソラの声にその首はふーらふーらと空中を漂《ただよ》い、地面におっこちる。

「誰《だれ》だろうね？」

その首の上に、まるでじゃれるように太ったしましまの胴《どう》体が現れ、玉乗りをするように動き回った。

「かわいそうなアリス。もうすぐ頭と体がサヨナラだ。ハートなんて盗《ぬす》んでないのにね」

再び猫《ねこ》の首が浮《う》き上がり、胴《どう》体とくっつくと、ハスの上からソラたちを見下ろしながら、猫はニヤニヤと笑った。

「犯人を知ってるなら、教えてくれよ！」

「チシャ猫《ねこ》はなんでも知っている。でも教えるとは限らない」

「ケチ！」

ドナルドが叫《さけ》ぶと、またチシャ猫《ねこ》はニヤニヤと笑う。

「答えは闇《やみ》の中、犯人も闇の中……チシャ猫《ねこ》も闇の中……」

そう言いながらチシャ猫《ねこ》は消えてしまう。

「待って！」

ソラは消えたチシャ猫《ねこ》に呼びかける。証拠《こ》を見つけないとアリスを助けることはできない。

「犯人は森を通って出て行ったよ。どこの出口か教えない。誰《だれ》かに聞いたらわかるかもわからないかも、チシャ猫《ねこ》にもわからない」

チシャ猫《ねこ》の声がハスの森にこだまして、消えた。

「信用していいのかなぁ……」

不安そうに呟《つぶや》いたドナルドの前にチシャ猫《ねこ》は再び姿を現す。

「信用したい？　したくない？　選ぶのは君たちさ」

そしてまたニヤニヤ笑って消えてしまう。

「この森を抜《ぬ》ければいいんだよな」

「ソラはチシャ猫《ねこ》の言うことを信じるの？」

「信じるしかないよ！」

不安そうなグーフィーにソラが明るい声で告げると、ドナルドも頷《うなず》いた。

「森の出口……どこにあるんだろ？」

ドナルドはきょろきょろとあたりを見回す。

「うーん……あっちに行ってみる？」

3人が森の奥《おく》へと進もうとしたそのとき、ハートレスが出現する。

「わわ！」

「どこにいってもこいつらはついてくるねえ……」

グーフィーがため息混じりに盾《たて》を構えた。段々3人の戦いに慣れてきたグーフィーは、ハートレスと戦うのはあまり好きじゃないみたいだったけれど、怖《こわ》がらなくなってきた。

「仕方ないよ、ソラはキーブレードの持ち主だから。そうエアリスも言ってたじゃないか」

魔《ま》法を放ちながらドナルドは言う。

「ごめんな、2人とも」

ソラがハートレスを切り倒《たお》しながらちょっとだけ悲しそうに言った。

「なに謝《あやま》ってるんだよ、ソラ。僕《ぼく》たちは王様の家来なんだ。王様が鍵《かぎ》と一緒《しょ》に旅をしろっていったから僕たちは一緒にいるんだよ。ソラが謝る必要なんてない！」

「でも――」

グーフィーの言葉にソラは表情を曇《くも》らせる。

もし王様の命令がなかったら、2人はきっと一緒《しょ》に旅なんかしてくれない……。そう考えると、すごくさみしかった。まだちょっとしか一緒《しょ》にいないけど、怒《おこ》りんぼのドナルドにのんびり屋のグーフィーと一緒にいるのはすごく楽しい。

もちろんカイリやリクとは比べられないけど――。

「わわっ！」

考え事をしていたら、ハートレスにひっかかれて、ソラは尻《しり》もちをつく。

「ソラ、しっかり！」

グーフィーが駆《か》け寄ってきて、ソラに傷薬を使ってくれた。

「ありがとう、グーフィー」

「ぼーっとしてたら危ないよ！」

そして今度はハートレスと戦っているドナルドの手助けをするため、グーフィーは走っていってしまう。その後姿に、ソラも立ち上がり、ハートレスに向かっていく。


ハートレスをようやく全員倒《たお》した3人は、へなへなと座《すわ》り込《こ》む。

「ふぅ……ちょっと疲《つか》れちゃったね」

グーフィーは頭上にある大きなハスの花を見上げながら、ため息をついた。

「グァア～」

ドナルドも魔《ま》法を使いすぎたのか、大の字になって寝《ね》転がる。そのとき――。

「ありがとう」

どこからか小さな声がした。

「ええ？」

ソラは起き上がるときょろきょろとあたりを見回す。

「こっちよ……」

「誰《だれ》？」

やさしい声にドナルドが聞き返すと、その頭上でゆらゆらとハスの花が揺《ゆ》れた。

「花!?」

「そう――ハスの花よ」

ゆっくりとドナルドの頭上のハスの花が開いていく。

「わぁ――」

甘《あま》い香《かお》りが辺りに広がる。ふわふわと花から落ちてくる花粉を浴びるとなんだか元気になってくるみたいだった。

「あの人たちがいるから、花を開けなくて困っていたの」

「あの人たちって、ハートトレ……」

グーフィーがそう言いかけて自分の口を押《お》さえる。ハートトレスという言葉さえも、他《ほか》の世界の人間に知られてはならない。干渉《しょう》になるからだ。

「黒い影たちよ」

口ごもったグーフィーを助けるようにハスの花は言った。

「なあ！　大きな影《かげ》を見なかったか？」

「大きな影《かげ》……？」

ソラの問いかけにハスの花は少しだけ黙《だま》る。

「見たかもしれないわ――こっちよ……」

ハスはそう答えると、顔の周りについている一際大きい花びらで、少し離《はな》れたハスの葉を指し示した。

「あっちなのか？」

「こうすればきっと簡単に登れるわ」

その言葉と同時に、地中から1本のハスの茎《くき》が伸び、ソラたちがジャンプして届《とど》くくらいのところで、葉を広げた。

「ありがとう！」

「こちらこそ」

ハスの花は答えると、ゆっくりとその花を閉じてしまう。ソラたちは新しく生えてきたハスの葉に飛び移ると、さらに高いところにあるハスの葉へと登《のぼ》っていく。

「たか〜い！」

そのハスから、ジャンプして届きそうな場所にさらにハスの葉があった。

「行ってみよう！」

3人が登《のぼ》った先にもハスの葉が続いている。ところどころ草むらに隠《かく》れている周囲をぐるりとソラたちは見回した。

「あそこ！」

ドナルドが指差した先には、草むらに隠《かく》れてどこかへ続いているらしき穴がある。

「入って大丈夫《じょう》かなぁ……」

ここでもグーフィーがちょっぴり不安そうな表情を見せた。

「あの花は悪者には見えないよ」

「チシャ猫《ねこ》はちょっと信じられないけどね」

ドナルドとグーフィーが言い合う。

「行ってみよう！」

ソラの声に3人は入り口へと飛び込《こ》んだ。

「うわぁ！」

飛び込《こ》んだ先には床《ゆか》がなく、ソラたちは落下し、ヘンな場所へと着地する。

「ここって……最初の部屋《へ》にあった蛇《じゃ》口の上じゃない？」

「ほんとだ！」

ドナルドの言うとおり、どうやら最初の部屋《へ》に戻《もど》ってきてしまったようだ。

「逆戻《もど》りかぁ……」

グーフィーは肩《かた》を落としてがっかりする。

「ちょっと待って！」

ソラは蛇《じゃ》口からギリギリ飛び移れそうな戸棚《だな》を見つめる。

「あそこ、なにかないか？」

「なにかの足あとだ！」

ドナルドは叫《さけ》び、戸棚《だな》の上に飛び移る。

「見て！　大きな足あと！　絶対にハートレスの足あとだよ！」

ドナルドの声にソラとグーフィーも戸棚《だな》の上に飛び移る。

「この板を取り外して持ってけば証拠《こ》になるはずだね」

グーフィーがなにやらごそごそと作業をはじめる。

「おやおや、よく見つけたね」

突《とつ》然かけられた声にソラたちが振《ふ》り返ると、蛇《じゃ》口の上にチシャ猫《ねこ》がニヤニヤとしながら座《すわ》っていた。

「これでアリスを助けられるよ」

ソラの言葉にチシャ猫《ねこ》はニヤニヤと笑い、後ろ足で立ち上がる。

「そうと決まったわけじゃない。アリスは無罪かもしれない。だけど君らはどうなるかな？」

そしてチシャ猫《ねこ》はくるり、と空中で一回転した。

「どういうこと？」

グーフィーの問いかけにチシャ猫《ねこ》はそのまま空中を浮《ふ》遊する。

「教えてあげない」

そして再びチシャ猫《ねこ》はその姿を消した。

「どういう意味だろう……」

再び棚《たな》の板を外そうと動き始めたグーフィーの横でソラが首を傾《かし》げる。

「あんな奴《やつ》のいうことなんか信じる必要ない！　これでアリスは助かる！」

「そういやアチコチ動き回ったけど、まだ鍵《かぎ》穴見つからないねぇ……」

ようやく板を外したグーフィーがのんびりとそう言った。

「証拠《こ》は見つけたけど、まだハートを奪《うば》ったハートレスを倒《たお》したわけじゃないし……よっと」

言いながら、ソラは床《ゆか》へと飛び降りる。

「レオンは鍵《かぎ》穴にハートレスが集まるって言ってたよね」

続いてドナルドも。

「ってことは……また大きなハートレスと戦わなきゃいけないのかなぁ……」

板を背負ってグーフィーも飛び降りた。

「わかんないけど……とにかくアリスのところに急ごう！」

ソラたちは女王の下《もと》へと向かう。

「絶対助けるから！」

ソラは鳥かごの牢《ろう》の中にいるアリスにそう話しかけると、ハートの女王をにらみつける。

「ありがとう……」

鉄格子《ごう》の前にカーテンがおろされると、牢《ろう》は高い塔《とう》の上へと昇《のぼ》っていく。

「裁判を再開する。弁護人は前へ！」

白ウサギの言葉に、足あとのついた板を持ったソラが被告席《ひ》へ歩いていく。ドナルドとグーフィーは陪審《ばいしん》員席だ。機嫌《げん》が悪いのか、始めから女王は裁判長席から身を乗り出している。

「おまえたちが持ってきた証拠《こ》品を見せてもらおうか」

ソラは無言で足あとの残った板を差し出した。

「ふん……そんなものかい。私が持ってきた証拠《こ》品にくらべたら、ガラクタ同然さ。おまえたち！　私の正しさを証明する品を持っておいで！」

女王の命令で、トランプ兵が大きな箱を持ってくる。そして、もうひとつの箱に板を入れ、ソラに見えないようにぐるぐると回し始める。どっちにどちらの証拠《こ》が入っているのかわからなくなってしまった。

「なにするんだよ！」

ソラの叫《さけ》びも、わがままなハートの女王には通じない。

「どっちが正しい証拠《こ》品か、おまえが選ぶといい！　その証拠《こ》をもとに、犯人が誰《だれ》なのか私が決めるよ！」

「せっかく持ってきたのに！」

「だからおまえに選ばせてやると言ってるだろう！　私のやり方に逆らう気かい？」

「わかったよ……」

ソラは仕方なく箱の前に立つと、首をひねりながら箱を見つめる。

どっちがどっちだかわかんないや——。

「ソラ、右だよ、右！」

「違う、左！　ゼッタイに左だよ！」

「僕《ぼく》の言っている方が正しいよ！」

陪審員席《ばいしんいんせき》でドナルドとグーフィーは言い合っている。ソラは自分の前にキーブレードを立て、そのまぶたを閉じると、手を離《はな》した。

キーブレードは一瞬《しゅん》迷うようにくるりと回ると、右側に倒《たお》れた。

「これに決めた！」

「その品でまちがいないね？」

「ああ！」

ソラはキーブレードを拾い上げ、まっすぐハートの女王を見つめる。

「これを開けば犯人がわかる。さあ、真犯人は誰《だれ》だろうね？」

トランプ兵がソラの選んだ箱を開くと、ハートレスが箱から飛び出し、消えた。

「な、なにものだ、こやつは!?」

さすがの女王も見たことのない生き物に驚《おどろ》きを隠《かく》せない。

「これでもまだ、アリスが犯人だって言うのか!?」

「そうだそうだ！」

陪審員席《ばいしんいんせき》からドナルドとグーフィーも叫ぶ。

「ムム……ええい、お黙《だま》り！　私の法律を知らないのかえ!?　第29条！　女王に逆らった者は有罪！」

女王が叫《さけ》ぶ。

「そんなのムチャクチャだ！」

陪審員席《ばいしんいんせき》で跳《は》ねながらドナルドも叫《さけ》んだ。

「うるさい！　この者どもをひっとらえよ！」

女王がハートの扇《おうぎ》を高く掲《かか》げると、トランプ兵たちがソラに襲《おそ》い掛《か》かる。

「アリスを助けるんだ！」

ソラは陪審員席《ばいしんいんせき》にいるドナルドたちに叫《さけ》ぶと、被《ひ》告席から飛び出した。

「了解《りょうかい》！」

ドナルドたちが塔《とう》へと走り出した。

「おまえたち！　そいつをハンドルにさわらせるんじゃないよ！」

女王の叫《さけ》びに、ドナルドが塔《とう》の横についているハンドルに飛びつく。

「これ、まわらないよ！」

「壊《こわ》しちゃえ！」

ドナルドとグーフィーがハンドルを壊《こわ》している間、ソラはトランプ兵が、塔《とう》の側《そば》にいかないよう、必死に応戦する。

「よし、壊《こわ》れた！」

ハンドルがすべて壊《こわ》れると、鎖《くさり》がはずれ、アリスの入っていた牢《ろう》が降りてくる。

「アリス！」

ソラも牢《ろう》へと駆《か》け寄り、かかっていた布を外す――が、アリスの姿はなかった。

「いない！　アリス！」

「僕《ぼく》たちが戦っている間に逃《に》げ出した……とか？」

「多分――ハートレスにさらわれたんだ！」

グーフィーの言葉にソラが叫《さけ》ぶのと同時にハートの女王も叫《さけ》んだ。

「おまえたち！　こうなったら誰《だれ》でもいいから、真犯人を捕《つか》まえておいで！」

その言葉にトランプ兵たちは、戦いをやめ、走り出す。そして、ソラたちもその後を追うように、再びハスの森へと向かった。

「まさか……いなくなっちゃうなんて……」

「とにかくアリスを探そう」

ソラはどんどんと先に進んでいく。

「でも、ハートレスにさらわれるなんて考えられる？」

「じゃあ他《ほか》に誰《だれ》がアリスを連れ去ったんだ？」

グーフィーののん気な考えにドナルドが言い返す。

塔《とう》にあの牢《ろう》が昇《のぼ》ったときも、そして降りたときもソラたちはあの場所にいた。アリスがいなくなったということは、他の何者かがアリスを空中で連れ去ったとしか考えられなかった。

となると、怪《あや》しいのはハートレスしか考えられない。

「さっき影《かげ》の居場所を教えてくれた花に聞いてみよう」

ソラたちがあのハスの花に近づくと、花はぽん、と音を立ててその花を開く。しかし、そこから現れたのはチシャ猫《ねこ》だった。

「こいつ、僕《ぼく》苦手なんだよね……」

グーフィーがぼそりと言うが、ソラはチシャ猫《ねこ》の方へ一歩近づくと、話しかけた。

「アリスを知らないか？」

「アリスは見てない。影《かげ》なら見たよ」

チシャ猫《ねこ》はニヤニヤとしながら、そう言った。

「どっちへ行ったんだ？」

ドナルドの問いにチシャ猫《ねこ》は立ち上がるとふらふらと動き回る。

「あっちかな？　こっちかな？　どっちと教えてもウソになる」

「どういう意味だ」

ソラが少しきつい口調で尋《たず》ねる。

「影《かげ》のせいで、上も下も左も右もめちゃくちゃなんだ。森の奥《おく》へと進んでごらん。誰《だれ》もいない庭を通って、さかさまの部屋を見つけたら、影《かげ》に会えるかもしれないね」

しっぽをくるくると振《ふ》りながらそれだけ言うとチシャ猫《ねこ》はまたその姿を消した。

「……誰《だれ》もいない庭？」

「奥《おく》のほうって言ってたよね。行ってみよう！」

ソラたちは森の奥《おく》へと歩を進めようとするが、その前にハートレスたちが立ちはだかる。

「またハートレスかぁ……」

グーフィーはちょっぴり面倒《どう》そうに群れの中へと駆《か》け込《こ》んでいくが、お腹《なか》の大きなハートレスに跳《は》ね飛ばされてしまう。

「あれっ？　なんだか今度はちょっぴり強い……？」

「わわっ！　こっちは火を飛ばすよ！」

どうやらタダでは森の奥《おく》に進ませてくれないらしい。

「奥《おく》ってこっち……だよね？」

グーフィーが敵に体当たりしながら、ソラにたずねる。

「多分……！　とにかく急ごう！」

ソラもキーブレードを振《ふ》るいながら、森の奥《おく》へと走っていく。

「火、火が！　グワワワワッ！」

ドナルドのお尻《しり》にハートレスが放った炎《ほのお》が当たる。

「ブリザド！」

ドナルドはお尻《しり》の火を魔《ま》法で消した。

「こっちだ、ドナルド！」

ソラはハスの葉の上にジャンプで飛び乗ると、手を差し伸《の》べ、ドナルドを引っ張りあげた。

「うわあああああ！」

グーフィーも魔《ま》法を使うハートレスに追いかけられ、必死で登ってくる。

「もう……散々だよ……」

ドナルドががっくりと肩《かた》を落とす。

「でも――アリスを探さなきゃ」

ソラはさらに一段高いハスの葉に登《のぼ》りながら言った。

「そうだね。女の子が困ってるんだもんね」

グーフィーもソラと同じハスの葉にジャンプで登《のぼ》る。

「グァ～！　わかってるよ！」

ドナルドもよたよたと立ち上がると、ジャンプで上へと登《のぼ》る。

「あそこ——また穴がある」

「今度は床《ゆか》があるよねぇ？」

「行こう！」

不安そうなグーフィーにそう告げ、ソラは出口に飛び込《こ》んだ。

視界が一気に開け、3人は目を瞬《また》かせる。広場のような庭には大きなテーブルがあって、お皿とティーカップが並べられている。

「あれぇ？　パーティでも開かれるのかなぁ？」

グーフィーがてくてくとテーブルの周りを歩き回った。

「誰《だれ》もいない庭ってここなのかな」

ソラもテーブルを見つめながら言う。

「なんだかのどかな雰《ふん》囲気だねぇ……お城に戻《もど》ったみたいだ」

ドナルドもハートレスの姿が見当たらないせいかちょっぴり機嫌《げん》が戻《もど》ったようだ。ソラも2人に続いてテーブルを一周してみる。テーブルの中央にあるお皿にはクッキーが山盛りになっていた。

「食べても毒じゃないかなぁ？」

「大丈《じょう》夫じゃない？」

そう言いながらグーフィーとドナルドはすでにクッキーを口に放り込《こ》んでいる。

「あ、ずるい！　俺《おれ》も！」

ソラもお皿の上にあるクッキーを口に放り込《こ》んだ。

「甘～い！」

その甘さはちょっぴり懐《なつ》かしくて、すごく上品で、ソラも思わず2つ目に手を出してしまう。

「おいしいね」

「うん。これ、フルーツが入ってるよ！」

「こっちはチョコレートだ！」

動き回っておなかがすいていた3人はあっというまにお皿の上にあったクッキーをたいらげてしまう。

「すごいすごい。こんなご馳《ち》走久しぶりだよ」

最後の1つをグーフィーが口の中に放り込《こ》んだ瞬《しゅん》間、テーブルがひっくりかえった。

「うわぁ！」

そしてテーブルの下からハートトレスたちが飛び出してくる。

「そんなぁぁぁぁ」

もぐもぐと口を動かしながらドナルドは杖《つえ》をふりまわす。

「こっちだ、ドナルド！」

ソラはドナルドの手をひき、庭にあった小屋の中へと走りこむ。

「わわわわわわわ！」

グーフィーも攻撃《こうげき》を受けないうちに、滑《すべ》り込《こ》んだようだった。

「ってあれ……？」

続いての部屋《へ や》はなんだかおかしい。床《ゆか》に扉《とびら》がついているし、向かいの壁《かべ》には暖炉《ろ》が横向きで炎《ほのお》を燃やしている。椅子《い》に至《いた》っては、その背が床《ゆか》についていた。

「うわ〜目が回りそうだよ！」

グーフィーがうろうろとしながら、周囲を見回す。

「壁《かべ》についてるものが床《ゆか》にあって、天井《じょう》にあるものが壁《かべ》についてる……？」

「でもどっかで見たことあるような……」

首を傾《かし》げるソラとドナルドに、グーフィーがぽん、と手を打った。

「ここって——始めの部屋《へ》じゃない？」

グーフィーの言葉にソラはチシャ猫《ねこ》が言ったことを思い出す。

「上も下も左も右もめちゃくちゃだ」

「わぁッ！」

目の前にチシャ猫《ねこ》の口だけが現れて、思わずソラは飛びのく。

「びっくりさせるなよ！」

「どこかに影《かげ》がかくれているよ。なになに。明かりをつければ簡単さ」

チシャ猫《ねこ》の口はふらふらとしながら、部屋《へ》の中央にあるランプへと近づいていく。

「それなら僕《ぼく》にまかせて！　ファイアー！」

ドナルドの杖《つえ》から炎《ほのお》の球が飛び出し、ランプに火をつけた。

「まだまだ明かりが弱いようだね。もっと明るくしなくっちゃ」

今度はドナルドの前にチシャ猫《ねこ》の顔だけが現れる。

「ドナルド、あっちにもうひとつランプがある！」

ソラがもうひとつのランプを指差した。

「じゃあ今度はこっちだ！　ファイアー！」

ドナルドの放った炎《ほのお》がもうひとつのランプに灯《あか》りをともし、部屋《へ》が一気に明るくなる。

「もうすぐ影《かげ》が見えてくる。でも現れるのはここじゃない。この部屋《へ》だけど違《ちが》う場所だよ。おひるね中のドアノブくんも影《かげ》に襲《おそ》われちゃうかもね……」

そう告げるとチシャ猫《ねこ》はその姿を消した。

「えーとこの部屋《へ》で違《ちが》う場所ってことは……」

グーフィーが首を傾《かし》げる。

「ドアノブがいた部屋《へ》だ！」

ソラとドナルドは声をあわせて叫《さけ》ぶと、部屋《へや》を飛び出していく。

「ま、待ってよぉ～！」

そのあとをグーフィーが慌《あわ》てて追いかけた。

「なんだかあちこち走らされて疲《つか》れちゃったよ」

ふうふうとグーフィーは息を吐《は》きながら、ハスの森を走っている。

「この世界はなんだかヘンなことばっかりじゃない？」

走りながらドナルドがソラに言う。

「不思議の国ってかんじだよな」

「ほんと！　絶対おかしいよ！　早く王様を見つけて、お城に帰りたいなぁ……」

ドナルドがため息混じりに言う。

王様が見つかったら、もうドナルドたちとは二度と会えないんだろうか？　そんなのはちょっとさみしいと、ソラは思う。

「僕《ぼく》らのお城は世界一楽しくて、立派で、おもしろいんだよ！」

グーフィーはそう言うと、ソラに笑いかけた。

「俺《おれ》が居たデスティニーアイランドだって、綺麗《きれい》な海があって、一年中泳げるんだ」

今もあるのかわからないけれど――。

でも、必ず戻《もど》るってカイリに約束した。

だから俺《おれ》は――。

「わぁ、いいねぇ。お城には海はないからなぁ……」

グーフィーはすごくうらやましそうに言う。

「カイリとリクが見つかったら遊びに来いよ！」

「僕《ぼく》らのお城にも！　王妃《ひ》様やデイジーにも会ってよ！」

ドナルドがソラを見て言った。

「うん！」

ソラは大きな声で返事をする。

たとえ王様が見つかっても、カイリとリクと会えても、デスティニーアイランドに戻《もど》っても、こうやって3人でこのハスの森を走り回ったことが消えるわけじゃない。そのことに気がついてソラは嬉《うれ》しくなる。

ハートレスの出現を抑《おさ》えるために鍵《かぎ》をしめて、それでみんなを探して、それからもドナルドとグーフィーとの関係は続くんだ。

「約束だよ、ソラ」

グーフィーの言葉に笑顔《え》を返すと、ソラたちはハートの女王の庭を走りぬけ、しゃべるドアノブがいた部屋《へ》へと走りこんだ。

「ふぅ……ここに影《かげ》がいるんだよね」

ドナルドが呼吸を整えながらあたりを見回した。

「油断は禁物だぞ」

グーフィーは盾《たて》に身を隠《かく》しながら、そろそろと部屋《へ》の中に入っていく。

「そんなところでいいのかい？　高いところで見物しようよ」

声にソラが顔をあげると、チシャ猫《ねこ》が優雅《が》にテーブルの上に寝《ね》そべっていた。

「チシャ猫《ねこ》の言うこと聞くの？　ソラ」

グーフィーはどうもチシャ猫《ねこ》の言うことを聞きたくないらしい。

「臆《おく》病だなあ、グーフィーは」

ドナルドはグーフィーを小突いてから、ソラを見る。

「行くよね？」

「うん。行こう！」

ソラはテーブルの上へとジャンプした。そのあとにドナルドが続き、しぶしぶグーフィーもテーブルに飛び乗る。すると、チシャ猫《ねこ》が起き上がり、天井《じょう》を指差して言った。

「いよいよ影《かげ》が来る。心の準備はできてるかい？」

「もちろん！」

答えたソラの横でグーフィーは盾《たて》に隠《かく》れたままだ。チシャ猫《ねこ》はそんなグーフィーに顔を近づけにやにやと笑う。

「できてないなら——お気の毒！」

チシャ猫《ねこ》がグーフィーにそう言い放ち、姿を消した瞬間《しゅん》、天井《じょう》から大きなハートレス——トリックマスターが落ちてきた。まるでばねのように伸《の》びる長い腕《うで》の先に棍《こん》棒を握《にぎ》り締《し》め、ステップを踏《ふ》むように、トリックマスターはソラたちに近づいてくる。

「こいつがアリスをさらった犯人か！」

ソラはテーブルから飛び降りると、トリックマスターに向かっていく。長い腕《うで》がぐるぐると回りだした。その腕《うで》に持つ大きな棍《こん》棒をトリックマスターは、振《ふ》り下ろすが、ソラはうまく避《さ》けながら間合いを縮めて行く。

「グワッ！——待って、ソラ！」

ドナルドが慌《あわ》ててそのあとを追った。

「あんな大きいの……やだなぁ——」

「ほら、グーフィーも行くぞ！」

「うぅ……」

ドナルドに呼ばれてようやくグーフィーもテーブルから飛び降りるが、その途端《とたん》、トリックマスターの長い腕《うで》に弾《はじ》き飛ばされた。

「わあああぁ！」

「グーフィー！」

慌《あわ》ててソラがグーフィーに駆《か》け寄る。

「イテテ……」

グーフィーの頭に大きなたんこぶが出来ている。

「グーフィーのカタキ！　ファイアー！」

ドナルドの杖《つえ》からトリックマスターに向けて炎《ほのお》の球が飛んでいく——が、その炎はトリックマスターの持っている棍《こん》棒に火をつけてしまう。

「グァ!?」

そして炎《ほのお》のついた棍《こん》棒がドナルドの頭上に振《ふ》り下ろされた。

「グワァァァア!?」

ドナルドの帽《ぼう》子に火がつき、ドナルドは走り回る。

「炎《ほのお》の魔《ま》法を使っちゃダメだ、ドナルド」

「グワワワワァッ！」

「水だ、水！」

ソラの言葉にドナルドは慌《あわ》てて蛇《じゃ》口の下に走りこむと、大きな蛇口を回した。勢いよく流れ落ちる水が、ドナルドの帽《ぼう》子についた火を消してくれる。

「また今度も強いハートレスみたいだねぇ……」

ふぅ、とため息をつきながらグーフィーが立ち上がる。

「大丈夫《じょう》？」

ソラがグーフィーの顔を心配そうに覗《のぞ》き込《こ》む。

「大丈夫《じょう》じゃないけど――倒《たお》さないとアリスは見つからないし、王様も見つからないだろうし、ソラの友だちも見つからないもんね！　鍵《かぎ》穴をふさがないとハートレスも消えないし。がんばるぞ――！」

グーフィーが声をあげながら、飛び上がると、トリックマスターに攻撃《こうげき》を加えた。

グーフィーがアリスのために、そしてソラの友だちを見つけるために戦ってくれるように、俺《おれ》もドナルドとグーフィーが王様を見つけるために、戦わなきゃならない。

俺《おれ》たちは自分のためだけに戦ってるんじゃないんだ――。

ソラはグーフィーの後を追うと、グーフィーと交互《ご》にトリックマスターを攻撃《こうげき》していく。

「グァ！　僕《ぼく》からもいくぞ！」

そこに帽《ぼう》子の火を消したドナルドが合流し、今度は氷の魔《ま》法――ブリザドを放った。

振《ふ》り下ろされる長い手をジャンプで避《さ》けながら、ソラたちは確実にトリックマスターにダメージを与えていく。

「ソラ、今だ！」

ドナルドの声にソラはジャンプでテーブルの上に登《のぼ》ると、大きく飛び上がり、トリックマスターの顔面にキーブレードを振《ふ》り下ろした。大きな手ごたえが、ソラに伝わってくる。

「やったぁぁぁぁぁ！」

地響《ひび》きとともに、トリックマスターが床《ゆか》に倒《たお》れこみ、ドナルドがジャンプして喜ぶ。そして、ガードアーマーと同じように、その身体《からだ》からハートが浮《う》き上がっていく。

「誰《だれ》かの盗《ぬす》まれたハートなのかな……」

3人は昇《のぼ》っていくハートを見上げる。キラキラと光るハートはとても綺麗《きれい》で、凶《きょう》悪なハートレスから出てきたものとは思えない。

ハートが天井《じょう》に吸い込《こ》まれるのとほぼ同時に、トリックマスターの身体《からだ》も光の粒《りゅう》子となって消える。その後には静寂《じゃく》が残った。

「そういえばアリス！　アリスは？」

きょろきょろとドナルドがアリスを探して部屋の中を走り回る。

「ハートレスを倒《たお》せば見つかると思ったのに……」

しょんぼりとソラがうなだれたとき、どこからか大きなあくびが聞こえた。

「ふぁぁぁぁ～まったく騒々《そうぞう》しい――落ち着いて眠《ねむ》れやしないわい」

そう言いながら、もう一度大きくあくびをしたドアノブの口の中には――。

「鍵《かぎ》穴だ！」

ドナルドが叫《さけ》んだ瞬《しゅん》間、キーブレードからドアノブに向かって光が放たれる。

「わっ！」

その光は鍵《かぎ》穴へと吸い込《こ》まれ、ガチャリという音とともに消えた。

「今ので鍵《かぎ》穴は閉じたのかなぁ？」

ソラはドアノブに近づくと再び口の中を覗《のぞ》き込《こ》もうとする。

「私の眠《ねむ》りの邪魔《じゃま》をしないでおくれ」

ドアノブはソラにそう告げると口を閉じたまま開こうとはしてくれない。ソラはあきらめて振《ふ》り返ると肩《かた》をすくめた。

「鍵《かぎ》穴はしまったみたいだけど、アリスはいないし……」

「王様にも会えなかったね」

「ソラの友だちにも」

3人はちょっとだけ落胆《たん》しながら顔を見合わせると、そのちょうど真ん中にまたチシャ猫《ねこ》が現れた。

「おみごと、おみごと。なかなかやるね」

「グワワッ！　またか！」

ドナルドがチシャ猫《ねこ》につかみかかろうとする。

「おっと。チシャ猫《ねこ》を倒《たお》したところでなにもないよ。いやあるかもしれないな」

「またわけのわからないことを言ってるよ……」

グーフィーはもうチシャ猫《ねこ》が嫌《きら》いではないようだった。

「ところで——」

チシャ猫《ねこ》はその首だけを浮《う》かび上がらせながら、ぐるりと3人の顔を見回す。

「アリスをさがすなら、ここでさがしちゃダメさ」

「どういうことだよ！」

ソラがチシャ猫《ねこ》の頭を捕《つか》まえようとするが、するりと上空に逃《に》げていってしまう。

「アリスは世界のどこにもいない」

「だって普《ふ》通の人が世界を出ることはできないって——」

「さぁてね」

ふわふわと浮《う》かぶチシャ猫《ねこ》の首に身体《からだ》がくっついた。

「アリスは影《かげ》と一緒《しょ》に闇《やみ》の中——」

それだけ言うと、チシャ猫《ねこ》はまた消えてしまう。

「今の……どういう意味だろ？」

ソラは腕《うで》を組むとうなだれた。アリスを助けようとここまでやってきたのに、アリスが見つからないんじゃどうにもならない。

「……なにかアリスに秘密があるのかも」

ドナルドがなぐさめるように言って、ソラの肩《かた》に手を置いた。するとグーフィーもソラを励《はげ》ますように続ける。

「ソラ、くやしいけど、あきらめてグミシップに戻《もど》ろう。よその世界を探した方がいいよ」

「元の大きさに戻ってさ！」

グーフィーがテーブルの上の赤いラベルの瓶を手にとった。

「そうかなぁ……」

ソラはじっと赤いラベルの瓶を見つめる。

「そんなに暗い顔しちゃダメだ。そんな顔してると……」

「グミシップに乗れないんだったよな」

ソラはドナルドの言葉に顔をあげ、ほんのちょっとだけ笑う。

「そう、笑顔《えがお》だよ！」

ソラはグーフィーの言葉にアカンべをすると、瓶を手にとり薬を飲んだ。

みるみるうちにソラが元の大きさへと戻っていく。

「僕らも戻ろう！」

続いてドナルドとグーフィーが薬を飲んで、元の大きさに戻る。

「行こう、みんな」

そして3人は駆け出した。

第4章

DEEP JUNGLE

friends

ぐんぐんとスピードをあげ、グミシップが異空の海を走っていく。

「なかなか見つからないもんだねぇ……」

「王様のこと？」

操縦席の後ろでソラとグーフィーが会話をかわしていた。

「王様だけじゃなくてさ、ソラの友だちも。それにアリスもいなくなっちゃった」

ふぅ……と大きくグーフィーはため息をつく。

「ソラに笑顔《え》が大事なんて言っておいて、自分がため息ついてどうするんだよ！」

操縦席からドナルドが怒鳴《ど》りつけた。

「だってさぁ〜……僕《ぼく》たちは人を探しているのに、さらに人がいなくなったりしてるんだよ。こんなの絶対におかしいじゃないか。それにどの世界にも大きくて強いハートレスがいるし」

「……何がおこってるんだろう」

ぼそり、とソラが呟《つぶや》く。

「私もそれが知りたいのです」

ぴょん、とジミニーがソラのポケットから降り立った。

「このキーブレードもそうだけど……俺《おれ》の世界もあんなことが起きたし──それにワンダーランドのハートトレスは、トラヴァースタウンのハートレスよりずっと強かった」

ぎゅっとソラは手の中にあるキーブレードを握《にぎ》り締《し》める。

キラキラと光を放ち続けるキーブレードはなにも教えてはくれない。ただ、自分が少しずつ強くなっているのがわかる。でもその分、ハートレスたちがどれだけ強いかもわかるようになってきていた。もしドナルドとグーフィーがいなかったら、絶対に勝てない。

「これからもっと強くなるんだろうね、きっと……」

そう言ってグーフィーはまたため息をつく。

「でも、それだけ真実に近づいているということだと思います」

「そうかなぁ……」

ジミニーの言葉にもソラは自信が持てなかった。シップの中の空気が重くよどんだ瞬《しゅん》間、グミシップが急旋《せん》回する。

「わわ！　ちゃんと操縦してくれよ、ドナルド」

「そんなこと言うなら自分で操縦してよ！」

「なら俺《おれ》が操縦する！」

ケンカを始めようとしたドナルドとグーフィーにソラは興味津々《しんしん》で割ってはいると、無理矢理操縦桿《かん》を握《にぎ》った。

「グワワワッ！　危ない！」

ドナルドがソラから操縦桿《かん》を奪《うば》い返したそのとき、異空の海に一面緑で覆《おお》われたワールドが姿を現した。大きな木にツタが絡《から》み、小屋や、大きな滝《たき》も見える。

「あれは……？」

ディープジャングル。

その世界のほどんどが原生林に覆《おお》われた、野生動物たちの楽園だ。

「こんな何もなさそうなところに王様はいないんじゃないかなぁ。わざわざ降りて行って探すだけ無駄《だ》じゃない？」

ドナルドは操縦桿《かん》を握《にぎ》り締《し》めると、冷たく言い放つ。

「でもカイリやリクなら、ここにたどりついているかもしれないじゃないか。俺《おれ》はふたりを探すんだから、ここにおろしてくれよ、ドナルド」

たとえこのワールドに王様がいないからといって、このワールドを無視するわけにはいかない。それに、ソラが王様を探すのに協力するように、ドナルドたちもカイリとリクを探すのを手伝ってくれるんじゃないのか――？

「ダメだよ。まずは王様を見つけなきゃ。先を急ごう、グーフィー」

ドナルドはグミシップのスピードをあげた。

「俺《おれ》は降りる！」

ソラはそう言い放つと、再びドナルドから操縦桿《かん》を奪《うば》おうとする。

「僕《ぼく》は降りない！」

ドナルドもこうなると自分の意見を曲げようとはしなかった。

「2人ともやめなよ～」

「そうです！　ケンカはよくありません！」

グーフィーとジミニーが2人を止めに入るが、ソラとドナルドは操縦桿《かん》の上で、もみ合い続ける。お互《たが》いに譲《ゆず》ろうとはしなかった。

「降りる！」

「降りない！」

「降りるったら降りる！」

ソラはドナルドを押《お》しのけると、無理矢理操縦桿《かん》を握《にぎ》り締《し》め、奥《おく》へと押《お》した。

「勝手に触《さわ》らないでよ！　グワ、グワワッ、グワーッ、——!!」

急降下を始めたグミシップを慌《あわ》ててドナルドは止めようとするが、時すでに遅《おそ》し。グミシップはコントロールを失い、緑のワールドへと真っさかさまに落ちていく——。

「グワァ！」

ドナルドがどうにか体勢をたてなおそうと、慌《あわ》ててあちこちにあるボタンを押《お》しまくる。

「ソラのせいだぞ！」

そう叫《さけ》びながらドナルドが赤いボタンを押《お》した瞬《しゅん》間、コックピットが開き、ソラたちは、グミシップから投げ出される。

「うわぁあああ」

「グワワワワーッ!?」

「ウワァオウッ！」

3人の悲鳴が重なる。

「みなさま、どうかご無事で――！」

操縦桿《かん》にかろうじてしがみついたジミニーの叫《さけ》びが空中にこだました。

がつんがつんがさんがさん、という音とともにソラは木々にぶつかりながら落ちていく。そして、小さな家の屋根をぶちぬいて、無事（？）地上へと着地した。

「いててててて――」

ぶつけた頭をさすりながらソラは起き上がる。

「ドナルド――？　グーフィー？」

きょろきょろとあたりを見回すが、2人の姿はどこにもなかった。どうやらここは木で作られた小屋のようだ。窓からはどこまでも緑のジャングルが続いている。ドナルドたちとは落ちてくる途《と》中ではぐれてしまったらしい。

「どうしよう……」

ソラが大きなため息をついたその瞬間《しゅん》、傍《かたわ》らを大きな風が走った。

「うわ!?」

軽く吹《ふ》き飛ばされて、体勢を立て直しながらソラはキーブレードを構え、振《ふ》り向く。そこには大きな豹《ひょう》が唸《うな》り声をあげていた。明らかにソラに敵意を向けている。じりじりと間合いをソラがはかった瞬間《しゅん》、豹《ひょう》が飛び掛《か》かってきた。

勢いよく壁《かべ》に叩《たた》きつけられソラは言葉も出ないが、ぐっと足をふんばり、倒《たお》れるのはかろうじて避《さ》けた。豹《ひょう》は一声ほえると、身を低くして再び戦闘《とう》体勢に入った。

ソラは背中に汗《あせ》をかくのを感じる。痛いほどの敵意はハートレスのものと違《ちが》ってひどく熱い。

「グルルルル……」

低い唸《うな》り声がやんだ、と思った瞬間《しゅん》、再び豹《ひょう》が襲《おそ》い掛《か》かってくる。がつん、と豹《ひょう》の牙《きば》とキーブレードがぶつかりあう。腕《うで》に力をこめ、豹《ひょう》をはね退《の》けるが、息もつかずに再び豹《ひょう》は襲《おそ》い掛《か》かってくる。今度は爪《つめ》とキーブレードがぶつかり、お互《たが》いに跳《は》ね飛ばされる。

何度か接触《しょく》を繰《く》り返し、豹《ひょう》もソラも気力と体力が限界に来ていた。

次の接触《しょく》で勝負が決まる——。

ソラはキーブレードを握《にぎ》る手に力をこめる。だが、手に汗《あせ》をかいていて、少しだけキーブレードが滑《すべ》った。その瞬間《しゅん》、豹《ひょう》が飛び掛《か》かってくる。

やられる!

思わずソラがその瞳《ひとみ》を閉じた瞬間《しゅん》、窓から槍《やり》を持った青年が飛び込《こ》んできた。手にした槍《やり》で豹《ひょう》の牙《きば》を受け止め、押《お》し返す。

「サボー……」

ぼそり、と青年が言葉を発し、槍《やり》で豹《ひょう》を跳《は》ね返すと、そのまま豹は窓から逃《に》げていった。ソラは全身から力が抜《ぬ》けていくのを感じる。

危なかった——。

思わずへたりこみそうになるのをこらえたソラの前に青年が近寄ってくる。腰《こし》に布のようなものを巻き、何年も切っていないような長い髪《かみ》の毛の青年はじっとソラを見つめて言った。

「サボー、キケン」

「サボーってあの豹《ひょう》のことか?」

ソラは聞き返すが、青年はまるでわからないというように首をふる。

「えーと、あ、ありがと」

ソラがぺこりを頭を下げると青年も頭を下げて言った。

「ありがと」

なにかお礼を言われるようなこと、したっけ——?

「あの、ここ、どこ?」

「ここ、ここ」

青年はソラの言葉を真似《ね》して言い返すだけだ。

「まいったなぁ……あの2人、どこ行ったんだ？」

ソラはぽりぽりと頭をかくと、困った顔をする。

「あのさ、俺《おれ》友だちとはぐれちゃったんだけど、どこかで見なかった？」

「……？」

青年はきょとん、とした顔でソラを見つめている。

「んーと、と・も・だ・ち」

「ともだち！」

青年はうれしそうに言った。

通じたのかな……？

「そう、友だち！　2人組でやかましいのがドナルド——……じゃない。今のなし！」

「？」

ひとり問答するソラに再び青年は首を傾《かし》げる。

ドナルドとグーフィーが友だちじゃないわけじゃないけど——ドナルドが王様を優先したみたいに、俺《おれ》だってカイリとリクを探すのを優先したっていいはずだと、ソラは勝手に納得《なっ》して言葉を続ける。

「俺《おれ》が探してる友だちは、カイリとリクって言うんだ」

「さがしてる、リクは、ともだち」

青年は再びソラの言葉を繰《く》り返す。

「カイリは、ともだち？」

「んっと——うん、まあ」

一瞬《しゅん》脳裏《り》にカイリの笑顔《え》が浮《う》かぶ。

「ともだち、ここにいる」

「ほんと!?」

思わず飛び上がったソラに青年は笑顔《え》を見せる。

「※&&×%」

「？」

青年は今までソラが聞いたこともないような不思議な声を発した。

「※&&×%、ともだち、いる」

青年が身振《ぶ》り手振《ぶ》りで必死に話す。

「よくわかんないけど、そこ、連れてってよ！」

本当にそこにカイリとリクがいるのかわからなかったけど——でも、彼《かれ》が言うことを無視はできなかった。

「カイリとリクに会わせてよ！」

青年はほんのちょっと首を傾《かし》げると、自分の胸に手を当てて言った。

「ターザン、ターザン、行く」

ソラも彼と同じように自分を指差しながら言う。

「俺《おれ》、ソラ。ターザン行く、ソラ行く行く！」

その様子に彼——ターザンは頷《うなず》くと、ソラと連れ立ち小屋を出る。

そこに広がっていたのは、見渡《わた》す限りの緑。2人はジャングルの中へと飛び降りた。


一方——。

竹やぶの中にある大きな岩の上で、ドナルドは目を覚ました。見たこともない光景が目の前に広がっている。ドナルドは起き上がるときょろきょろとあたりを見回し、傍《かたわ》らで倒《たお》れているグーフィーを発見する。だがソラの姿は見当たらなかった。

「グーフィー！」

「ん……？　ふぁ～よく寝《ね》た」

グーフィーがのんびりと伸《の》びをしながら起き上がる。

「おはよう、ドナルド」

「おはようじゃないよ！　いないんだ！　ソ、ソ、ソ……」

「あれ？　ソラがいないねぇ。大丈夫《じょう》かな……」

「……ソラなんて！　王様は僕《ぼく》たち2人で――」

ドナルドが地団駄《だ》を踏《ふ》みながら、傍《かたわ》らにあったはずの杖《つえ》に手を伸《の》ばすと、なにやらふさふさしたものに手が触《ふ》れる。

「グワ…ワワワワワ!?」

手の先で小さなゴリラがじっとドナルドを見つめていた。その瞬《しゅん》間、ドナルドの背後の竹やぶで何かが動く。

「誰《だれ》だ!?」

ドナルドとグーフィーが振《ふ》り返ったその隙《すき》に小さなゴリラはなにかきらきらしたものを落として逃《に》げていく。

「これって――」

「グミブロック？」

2人が顔を見合わせ、頷《うなず》きあう。

こんなところにグミブロックがあるなんて、もしかすると――。

「そこで何をしている！」

突《とつ》然かけられた声にドナルドとグーフィーは飛び上がった。そして恐《おそ》る恐る背後を振《ふ》り返ると、そこにはショットガンを手にした男が立っていた。

ソラたちが飛び降りた先はうっそうと茂《しげ》るジャングルの中だった。ツタを利用して、木から木へと飛び移るターザンを追いかけるのにソラは精一杯《ぱい》だ。

「ちょっと——待ってくれよ、ターザン！」

ソラの叫《さけ》びにターザンが振《ふ》り返り、首をかしげた。

「えーと、休憩《けい》？　つってもわかんないよなぁ……」

「行く行く！」

「わかったよ……行くよ」

息を切らしながらソラが答えたそのとき、ターザンの背後の茂《しげ》みからハートレスが現れた。

「危ない！」

ソラの声に背後を振《ふ》り返ったターザンにハートレスが襲《おそ》い掛《か》かる。しかし、ターザンの長い槍《やり》が先にハートレスを払《はら》いのけた。

さっき助けてもらったときも思ったけど——強い。

「俺《おれ》も負けないぞ！」

ソラはターザンと協力して次々と飛び出してくるハートレスを倒《たお》していく。

「……こんなもんかなっと」

すべてのハートレスを倒《たお》し、ソラはキーブレードを肩《かた》に背負う。

「こんなもんかなっと」

ソラの言葉をターザンが真似《ね》してにっこりと笑った。

再びふたりは木々の間を渡《わた》り始める。


ジャングルを抜《ぬ》けると、小さなテントのある空き地へとたどりついた。人の生活している気配があって、ソラはちょっぴりほっとする。

それにしても――ドナルドとグーフィーは無事かなぁ……。

そんなことを一瞬《しゅん》考えて、ソラはぶんぶんと頭を振《ふ》る。2人がいなくたって、ハートレスを倒《たお》すことができたし――この世界でカイリとリクに会えれば、きっとどうにかなる。

「ジェーン！」

ターザンがそう叫《さけ》びながらテントの中に入っていった。ソラも後に続く。

テントの中では綺麗《きれい》な女の人がなにやら機械をいじっていた。

「ターザン！」

女性はターザンに振《ふ》り向くと、その後ろにいるソラに気がついた。

「あら、あなたは？」

「こんちは。あの俺《おれ》――」

「まあ、言葉がわかるのね。じゃあターザンの〝家族〟じゃないし――」

彼女《かの》はちょっと驚《おどろ》いた顔をしながらそう言った。

「俺《おれ》ソラっていいます」

「私はジェーン。あなたもゴリラの調査に？」

答えようとした瞬《しゅん》間、テントにショットガンを持った男が入ってくる。

「それも違《ちが》うようだ」

その男の背後には、ドナルドとグーフィーがいた。

「ソラ!?」

嬉《うれ》しそうにドナルドとグーフィーが駆《か》け寄ってくる。

「もう会えないかと思ったよ～」

グーフィーの言葉にソラも駆《か》け寄ったが、グミシップでの喧嘩《けんか》を思い出し、ドナルドを見ようともしない。

「俺《おれ》も心配してたんだ、グーフィーのことを」

「僕《ぼく》たちも心配してたんだよ～、ねえ、ドナルド」

グーフィーの言葉にもドナルドはそっぽを向いたままだ。

「やれやれ、みんな揃《そろ》いましたね」

ぴょん、とジェーンの背後から、ジミニーが飛び出した。

「ジミニー！」

3人はジミニーに駆《か》け寄る。

「グミシップが落ちたときにはどうなるかと思いましたが、助かりました」

「グミシップはどこ？」

ドナルドの問いかけにジミニーはにっこりと笑った。

「テントの裏に隠《かく》してありますよ」

「よかった～！」

ドナルドがほっと胸を撫《な》でおろす。

「みんなともだちだったのね」

ジェーンがにっこりと笑った。その後ろで男が腕《うで》を組んだまま言う。

「おかしな連中だ。ゴリラの捕獲《ほかく》には役立ちそうもない」

「捕獲《ほかく》じゃなくて調査でしょ、クレイトン。学術的な調査よ」

ジェーンの言葉が聞こえたのか、聞こえていないのか――クレイトンはそのままテントを出て行ってしまった。

「ええと――私はジェーン。このジャングルにはゴリラの生態調査のために来ているの。さっきの男の人はクレイトン。ハンターでジャングルの案内をしてくれているの。あなたたちは？」

「僕《ぼく》はドナルド。こっちはグーフィーとジミニー。僕たち、王様を探してるんだ」

「王様？　その人もソラのお友だちなのね？」

ジェーンの言葉にソラとドナルドは一瞬《しゅん》顔を見合わせ——再びそっぽを向く。

「にぎやかなのはいいことよね。みんな、ゆっくりしていってね」

仲の悪いふたりをとりもつように、ジェーンは言った。

「ドナルドはこんなところに用はないんだろ？」

「——いいや、僕《ぼく》は残るぞ」

「……え？」

聞き返したソラにグーフィーが小さなブロックのようなものを見せた。

「これがグミブロック。さっき拾ったんだ」

「ということは、王様がここにいるかもしれないってこと。それがハッキリするまでは、ここに残ることにするよ。とりあえず、ね」

とりあえず、という言葉を強調しながらドナルドが言った。

「ふーん。じゃあ、それまでは一緒《しょ》に行こう。とりあえず、ね！」

同じように言い返したソラの言葉に、ジェーンは少しかがんで、ソラと目線を合わせるようにして聞いた。

「ソラもなにかを探してるの？」

「俺《おれ》も友だちを探してるんだ。さっきターザンが友だち……カイリとリクがいるって言ってて……ターザンとちゃんと話せればいいんだけど……」

ソラは少しうつむきながら、そう話した。

ターザンの言葉がわかれば、カイリとリクの手かがりがつかめるかもしれない。

「ターザンはね、このジャングルでゴリラに育てられたらしいの。まだあまり私たちの言葉を話せないから、くわしいことはわからないんだけど——どう？　ターザン」

ジェーンの傍《かたわ》らでターザンは首をかしげている。

「カイリとリクはどこにいるんだ？」

「あと王様も！」

ソラとドナルドの言葉に、ターザンは首を振《ふ》る。

「友だちがいるんだろ？」

「ともだち……いる」

「なら……！」

ソラは懇願《こんがん》するようにターザンを見上げた。そのとき、背後から声がした。

「……一ヵ所しかないいな」

「クレイトン！」

まるで忍《しの》びこむようにテントに戻《もど》っていたクレイトンをソラは見上げる。

「いいか。我々は君が来る前からこのジャングルにいるんだ。しかし彼《かれ》の友人を見かけたことなど一度もない。となれば、残るはターザンが隠《かく》しているゴリラの巣しかない」

「クレイトン、ターザンは隠《かく》しているわけじゃ――」

ジェーンの言葉を遮《さえぎ》るように、クレイトンはターザンに詰《つ》め寄る。

「案内してくれるだろうね。君の家だよ、イエ」

ターザンはソラをじっと見つめた。

「ターザン……」

そしてソラの呼びかけににっこりと笑うと、クレイトンに向かって頷《うなず》く。

「いいの？　ターザン」

ジェーンが心配そうにターザンを見つめた。

「ターザン、カーチャック、会う」

「カーチャック？」

ジェーンに告げたターザンの言葉にソラが聞き返す。

「群れのボスのことだろう。俺《おれ》も同行しよう。なにせジャングルは危険だからな」

そう言ってクレイトンはにやりと笑う。

「なんだかいや〜なかんじだね、あの人」

グーフィーがソラにそっと囁《ささや》いた。

「グミシップはいままでどおり、私が守っておきます！　いってらっしゃいませ！」

ジミニーの呼びかけにソラたちはうなづくと、テントを出た。

森を走りながら、ソラはターザンに尋《たず》ねる。

「本当にいいのか？　ターザン」

「ともだち、会う！」

笑顔《え》でターザンは告げると、どんどんと走っていってしまう。

「わかってるのかなぁ……ターザン……」

「グァ！」

不安そうに告げたソラの目の前にハートレスが現れ、ドナルドが飛び上がる。

「ドナルドたちは手を出さなくていいよ。俺《おれ》とターザンだけで倒《たお》せるから！」

そう告げながらソラはキーブレードを構えた。ハートレスの出現に慌《あわ》ててソラたちの元へと帰ってきたターザンとこのまま挟《はさ》み撃《う》ちにできるはずだった。

「グワッ！　僕《ぼく》の魔《ま》法は必要ないってこと!?」

「ま、そういうことになるかな……」

キーブレードをハートレスに向けて振《ふ》り下ろしながらソラが言った。

「グワァ！」

杖《つえ》を振《ふ》り下ろしながら、ドナルドが叫《さけ》ぶ。

「じゃあ僕《ぼく》らはもう仲間じゃないね！」

「やめなよ、ふたりとも……」

グーフィーが2人をなだめるが、ソラとドナルドはそっぽを向いたまま、ハートレスを倒《たお》していく。ようやくすべてのハートレスを倒《たお》し、一息ついたところに、茂《しげ》みからハートレスが飛び出し、ドナルドに襲《おそ》い掛かった。

「危ない！　ドナルド！」

「□×＆％!!」

ソラの声にその攻撃《こうげき》を間一髪《ぱつ》でターザンが受け止める。

「グワワワワワ……」

びっくりして尻《しり》もちをついたドナルドを見て、ソラはほっと胸をなでおろすが、口から出たのはこんな憎《にく》まれ口だった。

「俺《おれ》たちにまかせておけって！」

「グワ――――！」

ジャンプして起き上がると、ドナルドは地団駄《だ》を踏《ふ》む。

「王宮魔導師《まどうし》士をバカにしたな！」

「王宮だかなんだか知らないけど、ドナルドの魔《ま》法がなくたってハートレスは倒《たお》せるんだから仕方ないだろ」

ソラの言葉にドナルドはそっぽを向く。

「ああもう～」

「ソラとドナルド、ともだち？　ちがう？」

頭をかかえたグーフィーに、心配そうにターザンがたずねた。

「……ともだち……なのかなぁ……」

お互《たが》いにそっぽを向いたままのソラとドナルドを見つめながら、グーフィーは困ったように言った。


大きな木々を渡《わた》り歩き、たどりついたのは、ジャングルが少し途《と》切れた岩場のような場所だった。そこにある一際《きわ》大きな木の上にゴリラが2頭並んで座《すわ》っている。身体《からだ》の大きな方のゴリラがカーチャックのようだった。

「□×&%△……」

ターザンがカーチャックに向けてなにやら話し始めた。カーチャックの隣《となり》にいるゴリラは不安そうに彼《かれ》を見つめている。

「なんて言ってるんだろ……」

「さあ――」

グーフィーの問いかけにドナルドも首をひねる。

「カーチャック」

ターザンがもう一度木の上に呼びかける。その瞬間《しゅん》、カーチャックは突然《とつ》立ち上がる。

「カーチャック!?」

ターザンの呼びかけにも答えず、カーチャックはそのまま木の上に登っていってしまった。

カーチャックの傍《かたわ》らにいたゴリラは、ターザンを気遣《づか》うように見つめながら、同じように木の上へと登っていってしまう。

「……」

がっくりと肩《かた》を落とすターザンのそばにソラはそっと歩み寄る。

「俺《おれ》たちのことなら、気にしなくていいからさ。それより……」

突《とつ》然木の上に帰ってしまったことの方が気になる。

「なんか嫌《いや》な予感がするんだ。行ってみよう」

ソラたちは樹上の家へと向かった。

「あいつらは、ゴリラの価値がわからないんだ――」

茂《しげ》みの中で、クレイトンはショットガンを構えながら呟《つぶや》いた。その先の樹上の家では、小さなゴリラが地球儀《ぎ》を回して遊んでいる。

「親ゴリラより仔《こ》ゴリラの方が金になる……」

ショットガンの銃口《じゅう》が仔《こ》ゴリラを狙《ねら》って揺《ゆ》れる。そのとき――クレイトンの視界にドナルドが現れた。

「グワワワワワワッワァッ！」

銃《じゅう》口に気が付いたドナルドが大声をあげる。

「チッ――」

舌打ちとともにクレイトンは引き金をひいた。しかし、その狙《ねら》いはわずかに外れ、ドナルドの帽《ぼう》子をかすった。慌《あわ》てて仔《こ》ゴリラは逃《に》げだした。

「なにするんだよ！」

ドナルドが木の下のクレイトンに向かって怒《ど》鳴った。そこにカーチャックが再び姿を現した。

「カーチャック！」

ターザンが呼びかけるが、カーチャックはそのまま姿を消してしまった。再びターザンはがっくりとうなだれてしまう。

ソラたちは木の上からクレイトンの元に飛び降りると、にらみつける。

「ご、誤解しないでくれよ。俺《おれ》はただ――そう、あのゴリラの足元にヘビがいたんだ。むしろ、あいつを助けてやったんだよ」

クレイトンは必死に弁明するが、ターザンは目を閉じ静かに首を振《ふ》った。

いったんキャンプに戻《もど》ったソラたちの前で、ジェーンがクレイトンをしかりつける。

「なんてことをしたの、クレイトン！」

「だから誤解だよ、ミスジェーン。ゴリラを狙《ねら》ったわけじゃなくて――」

「あなたは二度とゴリラたちに近づかないで！」

「そんな、たかがゴリラ一頭に大げさな――」

そう言いかけたクレイトンをその場にいた全員がにらみつけていた。

「わかった、わかったよ――」

クレイトンは渋々《しぶしぶ》答えると、テントを出て行った。

「まったく――クレイトンにも困ったものだわ。ごめんなさい」

「ジェーンが謝《あやま》る必要なんかないよ」

ソラの答えにジェーンは表情を曇《くも》らせる。

「だって――クレイトンに仕事をお願いしているのは私だもの……」

ジェーンがうつむいたそのとき、銃声《じゅう》が響《ひび》いた。

「まさか――！」

ソラたちは慌《あわ》ててテントを飛び出した。

「ハートレス！」

ゴリラをハートレスたちが取り囲んでいる。

「今の銃声《じゅう》は――――？」

「とにかくゴリラを助けよう！」

ソラとターザンは顔をみあわせると、ゴリラの元に走り寄る。

「ジェーンは危ないからテントの中に！　グーフィーはゴリラを助けるんだ！　あとドナルドは――……」

振《ふ》り返って叫《さけ》ぼうとしたソラは、ドナルドになんて言ったらいいのかわからず、口ごもってしまう。

「グァ！　僕《ぼく》たちはもう仲間じゃないんだから！」

「そんなこと言ってる場合じゃないよ！」

言い返したドナルドに、グーフィーがゴリラの元に駆《か》け寄りながら叫《さけ》んだ。一方、ターザンはハートレスを槍《やり》でばったばったとなぎ倒《たお》している。

「とにかく、ハートレスを倒《たお》そう！」

ソラはハートレスの群れの中に切り込《こ》んでいく。ドナルドは少しだけ迷ったようだが、杖《つえ》を振《ふ》り下ろすと、魔《ま》法を放った。

「あっちでもゴリラがハートレスに襲《おそ》われてる！」

ゴリラを茂《しげ》みの中に帰そうとしていたグーフィーが叫《さけ》んだ。

「こっちは頼《たの》んだ！」

ソラはターザンとドナルドに残りのハートレスをまかせ、グーフィーの元に走り寄る。

「さっきの銃声《じゅう》はクレイトンさんがゴリラを助けようとしたのかもしれないね」

「だといいけど……」

ソラはグーフィーのように楽観的な考え方はできなかった。それに、今まではハートレスがゴリラたちを襲《おそ》った形跡《せき》はない。なのにどうして――。

「うわ！」

考え事をしていたら、ハートレスに思い切り殴《なぐ》られ、ソラは尻《しり》もちをついた。そこにハートレスが襲《おそ》い掛《か》かってくる。

危ない――。

「サンダー！」

遠くから魔《ま》法を放つ声がした。ドナルドの声だ。

「これは貸しだよ！　グァ！」

不機嫌《げん》そうな顔でドナルドが叫《さけ》ぶ。

「ドナルドになんか借りを作りたくないね！」

「グワ――――――ッ！」

ドナルドが飛び上がりながら地団駄《だ》を踏《ふ》んだそのとき、ドナルドに走り寄る人影《かげ》があった。

「なんだ、キミかぁ……」

それはあのときの仔《こ》ゴリラだった。不安そうにドナルドにしがみついている。

「よしよし……でもキミがいたら戦えないなぁ……」

ドナルドの元にグーフィーも走り寄ってくる。

「テントに入っててもらえばいいんじゃない?」

「そっか!」

ドナルドは仔《こ》ゴリラを抱《だ》き上げるとテントへ走りこんでいった。その合間にも、遠くでゴリラがハートレスたちに襲《おそ》われているのを、ターザンが見つける。

「※&△×%!!」

ターザンが叫《さけ》びながら走っていったあとを、ソラとグーフィー、そして仔《こ》ゴリラをジェーンに預けたドナルドが続いた。


ジャングル中を駆《か》け巡《めぐ》り、ソラたちはハートレスに襲《おそ》われているゴリラを次々と助けていく。その間もソラとドナルドの仲はかなり険悪だった。

「いい加減、仲直りしてよ……」

グーフィーの困ったような呟《つぶや》きも意地っぱりのふたりには届かない。ソラたちはジャングルを一周して、再びテントの前に戻《もど》ってきた。ハートレスの気配はすでになく、ソラたちはほっと胸をなでおろす。しかし、ターザンだけが、不安そうに辺りを見回している。

「あの仔《こ》ゴリラとジェーンは大丈夫《じょうぶ》だったのかな……？」

ドナルドがテントの扉《とびら》になっている布をあげる。

「ジェーン！」

返事がない。慌《あわ》ててソラたちはテントの中に駆《か》け込《こ》んだ。

「いない……」

きょろきょろと辺りを見回すが、仔《こ》ゴリラとジェーンの姿はどこにも見当たらなかった。そんな中、ターザンだけが、天井《じょう》をじっと見つめている。

「どうしたの、ターザン？」

「しらない、におい、する」

ソラの問いかけにターザンが答えた。

「ジェーン、あぶない。きの、うえの、いえのほう。ジェーンのにおい、する！」

「急ごう！」

ソラたちはテントを出ると、樹上の家へと向かった。

「ターザン！」

ジェーンの声が響《ひび》く。樹上の家がある大きな樹《き》の前にソラたちは立っていた。家は、木の板で塞《ふさ》がれ、その間からジェーンと仔《こ》ゴリラが顔を出している。

「ジェーン！」

「いったいなにが起こったんだ？」

ソラはジェーンに向かって叫《さけ》ぶ。

「クレイトンがテントに来て——それから先は、よくおぼえてないの……」

そのとき、背後から銃《じゅう》声が響《ひび》いた。

「クレイトン！」

振り返ったソラたちの前にショットガンを構えたクレイトンが現れた。

「クレイトン、ちがう！　※&&×%！　クレイトンちがう！」

ターザンが叫《さけ》ぶ。まるでその叫《さけ》びを合図にしたかのようにクレイトンが人間のものとは思えない雄《お》たけびをあげる。

「……クレイトン……じゃない!?」

そのときだった。

クレイトンの背後の茂《しげ》みからなにかが飛び出してきた。ずしーんずしーんという地響《ひび》きとともに、なにかが近づいてくるのがわかる。

「クレイトンは!?」

「あそこ！　あそこ！」

クレイトンを探したソラにグーフィーが空中を指差す。そこには、まるで何者かにとりつかれたかのようなクレイトンが座《すわ》っていた。

「空中!?」

「そうじゃない、姿が見えないんだ……」

ソラたちは、どうやって戦っていいのかもわからないハートレス——ステルススニークを呆然《ぼうぜん》と見上げたそのとき、ターザンが見えないなにかに吹き飛ばされた。

「ターザン!」

ソラたちが、倒れこんだターザンに駆《か》け寄ろうとしたそのとき、茶色い影がまるで傷ついたターザンを守るように立ちふさがった。

「カーチャック!」

ソラの呼びかけに答えるように、カーチャックは吼《ほ》えると、大きなこぶしを空中に向けてうちつけた。その瞬《しゅん》間、カーチャックのパンチが当たった部分だけ、うっすらと黄緑色になった。

「あそこか!」

ソラはそこに走りこむと、カーチャックが殴《なぐ》った場所をキーブレードで切りつけた。傷を負うたびにステルススニークは、蛇《へび》のようなぬめぬめとした肌《はだ》を現すようだった。その後ろで、カーチャックは傷ついたターザンを抱《だ》き上げ、樹上の家の前へと飛びあがると、小屋から木をはがし、ジェーンたちを解放した。

「……ターザン!」

ジェーンは傷ついたターザンに駆《か》け寄ると、抱《だ》きしめる。

「これで思う存分戦えるぞ〜」

ドナルドが杖《つえ》を振《ふ》り下ろす。

「俺《おれ》ひとりでも充《じゅう》分だけどな」

ソラがキーブレードを構えながら言った言葉にドナルドはまたも地団駄《だ》を踏《ふ》む。

「グァ〜〜〜〜〜〜〜〜〜〜〜！」

「そんなこと言ってる場合じゃないよ！」

グーフィーがふたりの間に割り入ると、そこを狙《ねら》うようにステルススニークの体当たりが襲《おそ》ってくる。

「うわぁ！」

3人はまとめて吹《ふ》き飛ばされてしまった。

「くっそ――――！」

ソラは起き上がると、ステルススニークの足元へと切り込《こ》んでいく。しかし、またしてもその大きな足に吹《ふ》き飛ばされてしまう。

「行こう、ドナルド」

「……やだよ……」

「もう……！　知らないよ」

グーフィーもそっぽを向いたままのドナルドを置いて、ソラの元へと走っていく。ソラの無謀《ぼう》とも思える攻撃《こうげき》のおかげで、ステルススニークはまるで大きなカメレオンのような姿を徐々《じょじょ》に現しはじめていた。

「うわぁ！」

ソラがまた吹《ふ》き飛ばされる。

「大丈《じょう》夫？」

あわててグーフィーが駆《か》け寄り、傷薬を使うと、ソラはすぐに立ち上がる。

「……やっぱり……」

ちらり、と傷ついたソラを見て、ドナルドは呟《つぶや》く。

「くっそー！」

再びソラがジャンプして、ステルススニークへと切りかかる……が、今度は尻尾《しっぽ》に跳《は》ね飛ばされた。

「僕《ぼく》がいないとダメってこと……？　ファイアー！」

杖《つえ》からいつもより大きな炎《ほのお》の玉が、ステルススニークに向かって放たれる。大きくステルススニークがその体勢を崩《くず》した。

「ドナルド！」

「やっぱり僕《ぼく》がいないとダメじゃないか」

ドナルドの自信ありげな表情に、ソラは眉《まゆ》をしかめるが、喧嘩《けんか》している暇《ひま》はない。

「来るよ！」

ステルススニークが大きな口を開けて襲《おそ》い掛《か》かってくる。その足元にソラが走りこみ、ダメージを与え、動きを止めたのとほぼ同時にドナルドが魔《ま》法を口の中に打ち込《こ》む。その衝撃《しょうげき》でクレイトンがステルススニークの頭の上から滑《すべ》り落ちる。

「今だ！」

ソラは大きくジャンプすると、ステルススニークの頭にキーブレードを振《ふ》り下ろした。

「やった！」

ソラはドナルドとグーフィーに抱《だ》きついた——が、ドナルドとの喧嘩《けんか》を思い出し、慌《あわ》てて離《はな》れると、そっぽを向《む》く。

その目の前で、ステルススニークは光となってその姿《すがた》を消し、頭からクレイトンが転《ころ》がり落ちる。

「う……ぐぐ……」

クレイトンはうめき声をあげながら、ショットガンを構《かま》えるが、力尽《つ》きたかのようにその場に仰《あお》向《む》けに倒れ、気を失った。

「ソラ……」

そして、ターザンはジェーンに支えられながら、ソラに声をかける。その時、周囲の木々から、ソラたちを褒《ほ》め称《たた》えるような、ゴリラの雄《お》たけびが響《ひび》き渡《わた》った。

「へへっ――」

鼻の下をこすりながら笑ったソラの身体《からだ》が突然《とつ》持ち上げられる。

「わわっ――カーチャック、放してくれよぉ！」

足をバタバタとするソラをカーチャックはかるがると空の向こうへ高く放り上げた。続いて、ドナルドとグーフィーも。

「うわああああああああ」

ソラの悲鳴にこだまするように、ジャングル中のゴリラたちが雄《お》たけびをあげた。

カーチャックの腕《うで》から、宙を舞《ま》い、崖《がけ》の上に着地したソラの上にドナルドがお尻《しり》から、そしてグーフィーが頭から着地する。それはまるで初めて出会ったときのようだった。

「……どいてくんない？」

「グァ！」

叫《さけ》び声とともに、ドナルドとグーフィーはソラの上から飛び降りる。

「……ったく……」

ソラは膝《ひざ》の砂を振《ふ》り払《はら》いながら立ち上がった。大きな水音にソラが顔をあげると、そこには巨《きょ》大な滝《たき》が流れ落ちている。

「わぁ――すごいねぇ……」

グーフィーが感嘆《たん》の声をあげる。

「いっとくけど……仲直りってわけじゃないからな！」

「それは僕《ぼく》の台詞《せりふ》だ！」

ソラとドナルドが言い合っていると、ジェーンに支えられて、ターザンが姿を現した。

「ターザン！　怪我《けが》は大丈《じょう》夫？」

「だいじょうぶ。ターザンのイエ」

ターザンは怪我《けが》をしていない方の腕《うで》で、滝《たき》を指差した。

「イエ……？」

ターザンは大きくジャンプすると、岩壁《かべ》の上にある洞窟《どうくつ》へと入っていった。慌《あわ》ててソラたちはそのあとを追う。

「うわぁっ、すごいねえ――」

グーフィーが大きな声をあげ、洞窟《どうくつ》の中を見上げた。

「ここって、あの滝《たき》の裏だよね、きっと」

ドナルドがグーフィーに囁《ささや》いた。洞窟《どうくつ》の中には水が流れ、大きな岩が何段にもなって連なっている。その岩をターザンが片手でジェーンを抱《だ》きながら、どんどんと登っていく。

「待ってよ！　ターザン！」

ソラたちは慌《あわ》ててターザンのあとを追った。

ソラたち3人が手をつないでも回りきれないほどの大きな幹が、空に向かって伸《の》びていた。

「すっげ～」

ソラたちは静かに幹が伸《の》びる天を仰《あお》ぐ。

「※&&×%」

「……ここ……？」

ターザンはソラの言葉を止めると、耳に手を当て、静かに目を閉じる。同じようにソラたちも目を閉じ、耳を澄《す》ました。

遠くから聞こえるのは大きな滝《たき》の音――その音が洞窟《どうくつ》の中に反響《きょう》して、不思議なメロディを奏《かな》でている。

「※&&×%って〝こころ〟のことね？」

ジェーンは静かにターザンを見つめ、言った。

「わかるの？」

「わかるような気がするの――心の中の友だち――」

「こ・こ・ろ――」

ターザンはジェーンの言葉を繰《く》り返し、笑った。

「誰《だれ》かがいるってわけじゃなかったんだな……」

ソラは少し残念そうに呟《つぶや》く。

「ともだち、こころ同じ。クレイトン、こころ、なくした。こころない、ともだち、みえない。こころない、ひとりぼっち……」

ターザンが必死にソラたちに伝えようとしていること、それは、大切な友だちのことだった。

「……ソラ」

「……ドナルド」

ソラとドナルドはほとんど同時にお互《たが》いの名前を呼んだ。

「なんだよ、ドナルドから言えよ」

「ううん、ソラからだ！」

「——ふたりとも……」

2人をグーフィーが笑いながらたしなめると、ソラが頭をかきながら言った。

「ワガママ言って、ごめんな」

「悪かった」

ドナルドもちょっぴり照れているみたいだ。

「ぼくらは友だちだもんね！」

グーフィーがソラとドナルドの肩《かた》を抱《だ》いた。

そんな3人に青い光が降りかかる。

「光──?」

ソラたちは再び天を仰《あお》ぐ。幹の途《と》中で、日差しを受けながら何匹《びき》もの青い蝶《ちょう》が、舞《ま》っている。その美しい羽に、天からの光が差し込《こ》み、きらきらと光を放っていた。

「あれ──鍵《かぎ》穴じゃない?」

蝶《ちょう》をじっと見つめていたドナルドが木の幹を指差す。青い蝶《ちょう》たちに囲まれ、まるで守られるように鍵《かぎ》穴はあった。

ソラが静かにキーブレードを掲《かか》げると、大きな光の筋がキーブレードから放たれ、鍵《かぎ》穴へと伸《の》びていく。

かちゃり、と音を立てて鍵《かぎ》穴が封《ふう》印されたそのとき、ころん、となにかが転がり落ちる。

「グミだ!」

拾い上げたグーフィーの手の中でグミはキラキラと光を放っている。

「王様のじゃないいんだね……」

残念そうにドナルドが言うと、そこに仔《こ》ゴリラが擦《す》り寄ってくる。

「ドナルドが気に入ったみたいね、彼女」

ジェーンの言葉にドナルドが慌《あわ》てて両手を振《ふ》る。

「デイジーに叱《しか》られる!」

逃《に》げ出すドナルドを仔《こ》ゴリラが追う。

「ソラ」

ドナルドの姿に笑い転げるソラに、ターザンが声をかけた。

「ソラ、ターザン、ともだち」

ターザンが笑顔《えがお》で言った。

「ターザン、ソラ、ともだち」

蝶《ちょう》の光とも木漏《こも》れ日ともつかぬ光がキラキラと舞《ま》い落ちる。

友だち。

こころ。

ターザン。

ドナルドとグーフィー。

カイリとリク。

みんな大切な友だち――友だちを比べることなんてできない。

「ドナルド、グーフィー、そろそろ行こう！」

ソラは大切な友だちふたりにそう告げると、ジミニーの待つテントへと向かう。

そして、ディープジャングルを後にした。

断章

FRAGMENT

secret conversation

黒い影《かげ》たちは石の台座を囲むように集まっていた。その中央にある光の輪の中に、ソラとドナルド、グーフィーの姿が映し出されている。

「あんな子供がどでかいハートレスを倒《たお》しちまうとはな。もう3匹《びき》目か」

「そういや、小僧《ぞう》と一緒《しょ》にいるふたり組はあれでも、〝王〟の家来らしい。見たかよ、あの間抜《ぬ》けヅラ」

「おまえさんの顔も負けちゃいないぜ」

「黙《だま》れ！」

大きな蛇《へび》の杖《つえ》を持った黒いマントの男――ジャファーと、大きな羽のついた赤い帽《ぼう》子をかぶり、左手に大きな鉤爪《かぎづめ》をつけた男――フックが言い合いをはじめようとしたのを冷たい声が遮《さえぎ》る。

「おやめ」

そう影《かげ》たちに黒いマントのようなドレスを着た女――マレフィセントが告げ、ゆっくりと光の輪に向かって歩きだす。

「あれがキーブレードの力だ。あの子供の強さではない」

光の輪に杖《つえ》を掲《かか》げ、マレフィセントは言う。

「あの子供をハートレスにしちまえば話は早いってわけか」

フックがにやにやと笑いながら言うと、マレフィセントはマントを翻《ひるがえ》し、わずかに笑った。

「キーブレードと選ばれし者。闇《やみ》の扉《とびら》を切り開くか、それとも——闇《やみ》の深さに、飲み込《こ》まれるか。どちらに転んでも利用価値はあるさ」

マレフィセントの言葉に、影《かげ》たちは全員光の輪の中にいるソラたちをじっと見つめる。

「それにしても——こんなジャングルの奥《おく》に誰《だれ》がハートレスを送ったのだ？」

尋《たず》ねたフックの声にマレフィセントは光の輪の中にいるソラたちを見つめたまま言った。

「あのハンターが呼び寄せたのさ。あの男の強い欲望が、ハートレスどものエジキとなった」

「ハートレス、あの男のようなもろい心で扱《あつか》えるシロモノではない。問題は少年の方だ。鍵《かぎ》穴をどんどんと見つけている」

手に毒蛇《へび》をあしらった杖《つえ》を掲《かか》げながら、ジャファーはマレフィセントにつめよる。

「他《ほか》の鍵《かぎ》穴を見つけるにはまだ時間がかかろう。それに、もうひとつの目的に気づいている様子もない」

マレフィセントは光の輪の中にいるソラたちをじっと見つめながら言った。

「プリンセス——」

腕《うで》を組みながらフックは言った。

「そう、プリンセスは着実に我らの手に集まりつつある。そして今またひとり――」

マレフィセントの杖《つえ》が指し示した先には、ワンダーランドで行方《ゆくえ》不明になったはずのアリスが閉じ込《こ》められていた。

第5章

TRAVERSE TOWN

meeting again

ぐんぐんとディープジャングルが遠ざかっていくのをソラはじっと見つめていた。

デスティニーアイランドを離《はな》れて——もう随《ずい》分と時間がたったたような気がする。

何人もの人たちに出会ったし、別れてきた。

それでも、カイリとリクにはまだ出会えない。

この世界のどこかにきっといるはずだと、ソラは異空の海をじっと見つめる。

きらきらと輝《かがや》く星はすごく綺麗《きれい》で、いつかカイリとリクにも見てもらいたい。ううん。いつかカイリとリクと一緒《しょ》に見たい。

「このブロック……なんかちょっとヘンなんだよねぇ……」

グーフィーがディープジャングルの鍵穴《かぎ》から見つけたグミブロックを手に首をひねっている。

「……どのへんが？」

ソラはコックピットの窓からグーフィーに近づくと、その手元を覗《のぞ》き込《こ》んだ。

「うーん、普《ふ》通のグミブロックじゃないみたいなんだ」

グーフィーがグミブロックを、異空の海からの光に透《す》かした。

「私も見たことがありません」

ジミニーがグーフィーの手にジャンプしてのぼり、グミブロックをのぞきこむ。

「どう違《ちが》うんだ？」

「うーん。中にね、なんか見える」

「どれ……？」

ソラが光にすかすと、そのグミブロックの中央にはさらにきらきらと光る星のようなものがあった。

これはいったい――？

「レオンさんなら知ってるかもね」

ドナルドが操縦席からそう告げる。

「そうだね。一度トラヴァースタウンに戻《もど》ろうか？」

グーフィーも答えてそう言った。

「じゃあ、俺《おれ》、操縦したい！」

ソラはそう言うと、ドナルドの座《すわ》る操縦席に座ろうとする。

「こ、こら、やめてよ！」

またも操縦席の争奪《だつ》戦が始まった。

「俺はキーブレードに選ばれたんだぞ！」

「ダメなものはダメ！」

言い合うふたりを見ながらグーフィーとジミニーは笑顔《え》で肩《かた》をすくめた。

2度目のトラヴァースタウンは、静かでやさしい夜の街だった。

「1番街にはハートレスがいないみたいだね……」

ドナルドがぐるりとあたりを見回す。すると――。

「ユフィだ！」

1番街の広場にあるポストの傍《かたわ》らにユフィの姿を見つけ、ソラたちは走り出す。

「ソラ！」

ユフィは笑顔《え》でソラたちを出迎《むか》える。

「おかえり！」

「ただいま！」

ドナルドとグーフィーがそう返すが、ソラは言葉を返すことができなかった。

だって俺《おれ》の帰る場所はデスティニーアイランドなのに。

ソラのそんな一瞬《しゅん》の躊躇《ちゅうちょ》を気にすることなく、ユフィは言葉を続けた。

「旅はどうだった？」

ソラたちは、アリスのことや、ジャングルでの出来事を我先にとユフィに伝える。

「私も一緒《しょ》に行ければいいんだけど……大変だったんだね、ソラ」

ユフィがまるでソラの頭を弟かなにかのようにやさしい瞳《ひとみ》で見つめる。

「そんなことないよ！　カイリやリクに会うためだし――」

「あと王様にもね！」

ソラの言葉にグーフィーが続いた。

「俺《おれ》たち、レオンに聞きたいことがあってトラヴァースタウンに戻《もど》ってきたんだけど……」

「レオンなら地下水路《すいろ》で剣《けん》の練習でもしてるんじゃない？」

「地下水路《すいろ》？」

ソラはユフィの言葉に聞き返した。この街の中は散々歩き回ったはずだけど、そんな場所は知らなかった。そういえばまだトラヴァースタウンの鍵《かぎ》穴も見つけていないし、まだまだこの街にはいろいろと秘密があるのかもしれない。

「裏通りに水路があるでしょ？　あれって地下の水路につながってるんだよね」

「それってホテルの裏の道のこと？」

ドナルドが聞き返す。

「そ！　あの先から地下に行けるの。知らなかった？」

ユフィの言葉に3人は顔を見合わせる。とにかく行ってみないことには始まらない。

「じゃあ俺《おれ》たち、行ってくるよ」

「2番街にはハートレスがいるから気をつけてね」

「うん！」

3人は2番街へと向かった。

2番街に入った瞬《しゅん》間、ハートレスが地面から出現した。

「グワッ!?」

ドナルドがハートレスの攻撃《こうげき》をジャンプでよける。

「1番街が静かだったからいないかと思ったんだけど——」

グーフィーがドナルドに襲《おそ》い掛《か》かったハートレスに体当たりした。

「それになんだか強くなってるみたいじゃないか!?」

ソラが大きな身体《からだ》のハートレスを背後から切り倒《たお》す。初めてトラヴァースを訪れたときよりも、ハートレスたちが強くなっている。ぐるぐると回りながら突《とっ》進してきたり、今までより強力な魔《ま》法を使ってくる者も多くなっていた。

「闇《やみ》の力が強くなってるってことなのかなぁ……」

お互《たが》いに言葉を交《か》わしながら、ソラたちはホテルに滑《すべ》り込《こ》んだ。

「ふぅ……この中までは追ってこないよね」

グーフィーが呼吸を整えながら言った。

「前にこのホテルに来たときは散々だったよ」

ドナルドが客室の1つに入りながら言う。緑の壁《かべ》紙のその部屋《へ や》は、初めてトラヴァースに来たときに、ソラがレオンたちと話をした部屋だった。

「俺《おれ》、この隣《となり》の部屋《へ や》って入ったことないや」

ソラが隣《となり》の部屋《へ や》に続く扉《とびら》を開いた。

「こっちの緑の部屋《へ や》には来たことがあるの？」

両方の部屋をいったりきたりしながら、グーフィーが尋《たず》ねる。

「ドナルドたちと会う直前にここでレオンと話をしたんだ」

「僕《ぼく》たちはこの隣《となり》の部屋《へ や》で、エアリスから話を聞いてたんだ。それでユフィが来て、ハートレスが突《とつ》然おそってきて──」

3人は顔を見合わせた。

「ってことは俺《おれ》たち同じ時間に隣《となり》の部屋《へ や》にいたってこと？」

「そうみたいだね」

そして3人は声を立てて笑い始めた。

「いきなりドナルドとグーフィーが俺《おれ》の上に落っこちてくるからハートレスかと思ったよ」

「僕《ぼく》たちだって、まさか下にソラがいるなんて思ってなかったよ。ね、ドナルド」

「下敷きになってる人間が〝鍵《かぎ》〟を持っててすっごく驚《おどろ》いたんだぞ」

お互《たが》いに初めて会ったときのことを話し出す。ついこの間のことのようなのに──なんだかすごく昔のことみたいに感じるのはどうしてだろう。

「それがこうやって一緒《しょ》に旅するようになるなんてね」

グーフィーが腕《うで》を組み、頷《うなず》きながら言った。

「こんなところで無駄《だ》話をしてる場合じゃないよ。先を急ごう！」

ドナルドの声にソラたちは部屋《へ》を出ると、ベランダから路地裏へと飛び降りた。


薄《うす》暗い路地裏では当然のようにハートレスが倒《たお》しても倒《たお》しても湧《わ》き上がってくる。

「もう、ホント、キリないよ！」

ドナルドが魔《ま》法を放ちながら叫《さけ》ぶ。

「グーフィー、水路の抜《ぬ》け道、見つかった？」

ソラもドナルドと一緒《しょ》にハートレスと戦いながら、叫《さけ》ぶ。その後ろで、地下に抜《ぬ》ける道を
グーフィーが必死に探している。

「うーん。この鉄柵《さく》の向こうしか隠《かく》れているところはないみたいだけど――」

水路の隅《すみ》にある鉄柵《さく》を手で揺《ゆ》らしながらグーフィーが言う。しっかりとおろされている鉄柵《さく》は動く気配がない。そこにようやくハートレスを倒《たお》すのに、ひと段落したソラとドナルドが駆《か》け寄る。

「ここ？」

「多分……」

ソラも鉄柵《さく》の先を覗《のぞ》き込《こ》むが、中は真っ暗でよく見えない。

「ワァ！　来たぁ！」

ドナルドの背後からまたもハートレスの大群がやってこようとしている。

「3人で鉄柵《さく》にぶつかればどうにかなるんじゃない？」

グーフィーの言葉に3人は視線を交わし――。

「いっせーのーせ！」

掛《か》け声とともにぶつかると、鉄柵《さく》はあっけないほど簡単にはずれ、そのまま3人は水路にダイブした。

「うわ！」

ばしゃーんと勢いよく水しぶきがあがる。どうやら水路の奥《おく》まではハートレスも追ってこないようだ。

「随《ずい》分真っ暗だねえ」

ドナルドを助けながらグーフィーは起き上がると、そっと水路の奥《おく》へと進んでいく。

「でも続いてる――」

3人はおそるおそる進んでいくと、いきなり視界が開ける。

「わぁ――」

そこは大きな洞窟《どうくつ》のようになっていた。その中央にほんのちょっとだけある陸地では、レオンが黙々《もくもく》と剣《けん》をふるっている。

「レオーン！」

ドナルドがばしゃばしゃと走ってレオンに近づくと、レオンはソラたちに気がついたようだが、剣《けん》を振《ふ》り続けている。その傍《かたわ》らにはエアリスが居た。

「エアリス！」

「おかえりなさい、ソラ、ドナルド、グーフィー」

3人が揃《そろ》うと、エアリスは微笑《ほほえ》みながら、言った。

「なあ、エアリス――」

「なぁに？」

「さっきユフィにも『おかえりなさい』って言われたんだけど――ヘンじゃないか？」

ソラはさっきユフィに言われてちょっとだけ感じた違《い》和感をそのまま口にする。

「なにが？」

「だって――ここは俺《おれ》の故郷じゃないし――」

ちょっとだけうつむきながら言ったソラの言葉にエアリスは少し寂《さび》しそうな顔をする。

「トラヴァースタウンは、帰る場所を失った人間が集《つど》う街だ。だからこの街の人間は、そいつが他《ほか》の世界からやってきた人間であってもその帰宅を喜ぶのさ」

レオンが剣《けん》を振《ふ》りながら、そう告げた。

「そっか――そうだよな。じゃあ、ただいま！　レオン、エアリス！」

「おかえりなさい、ソラ」

もう一度やさしくエアリスはそう告げた。

「なにか成果はあったのか？」

レオンはようやく剣《けん》を振《ふ》るうのをやめると、そう尋《たず》ねる。

「成果かどうかはわからないけど――」

ソラたちはユフィに伝えたのと同じようにアリスのことや、ジャングルのことをレオンとエアリスに伝えた。

「鍵《かぎ》穴が閉じられたか――」

レオンは腕《うで》を組み、考え込《こ》む。そんなレオンの姿にエアリスは意を決したように口を開く。

「あなたにしか世界は救えないの――ソラ」

まるで祈《いの》るように手を組み言った、エアリスの言葉にソラは表情を曇《くも》らせる。

「俺《おれ》――だいじょうぶかな」

「おまえにとって世界をめぐることは、決して無駄《だ》ではないはずだ」

レオンが言った。

無駄《だ》でないとしても――俺にそんな大それたこと、できるんだろうか。

「やろうよ、ソラ！」

「友だちや王様を探さなきゃ！」

グーフィーとドナルドがじっとソラを見つめる。

今までだってできないと思ったことはたくさんあった。

でもやってきた。

それに――これはキーブレードに選ばれた俺《おれ》にしかできないことなんだ。

「ソラ」

エアリスがやさしくその名を呼ぶ。

「たしかに……そうだよな。俺《おれ》、やる！」

「それでこそ、キーブレードの勇者だ」

レオンが諭《さと》すように言った。

「そういえば、レオン。このグミブロックなんだけど――」

グーフィーがキラキラと輝《かがや》くあのグミブロックをレオンに見せる。

「なんか他《ほか》のグミブロックと違《ちが》うみたいなんだ。何か知らない？」

「………」

レオンはじっとグミブロックを見つめたまま黙《だま》ってしまう。

「シドさんに聞けばいいよ、きっと」

エアリスがまるで助け舟《ぶね》を出すように言った。

「グミのことならシドさんに聞けば大丈夫《じょう》」

「わかった！　行ってくるよ！」

ソラは再び水路の方へと歩き始める。

「いろいろありがとう！」

キーブレードを振《ふ》り上げ、そう告げたソラにエアリスとレオンは静かにその背を見送る。

「しかし——」

ソラたちの姿が見えなくなったところで、レオンが口を開く。

「この街の鍵《かぎ》穴のことを気にしてるんでしょう、レオン」

レオンの心を見透《す》かすようにエアリスは言った。

「鍵《かぎ》穴さえ封《ふう》じれば、ハートレスはいなくなるはずだ」

「でも、封《ふう》じただけじゃ、多分——」

エアリスが表情を曇《くも》らせる。

「俺《おれ》たちは情報を集めることと、ソラたちを見守ることしかできない」

「なんだか、悔《くや》しいね」

エアリスの言葉に、レオンは再び剣《けん》を振《ふ》りはじめる。

世界が消えてなくなりませんように——。

あの人が無事でありますように――。

エアリスは祈《いの》り続ける。

世界のために――ソラのために――彼《かれ》のために。


1番街に戻《もど》り、ソラたちはシドのアクセサリーショップへと走りこんだ。いつものように、カウンターに肘《ひじ》をついて、シドはソラたちを出迎《むか》える。

「おう、らっしゃい」

「シド！」

ソラたちはカウンターの前に駆《か》け込《こ》み、そしてシドにグミのかけらを見せた。

「おっ？　グミブロックじゃねえか！」

「うん」

ドナルドがシドの言葉に頷《うなず》く。キラキラと光るグミブロックを見つめるシドの瞳《ひとみ》もキラキラと光っている。

「で、これ何？」

グーフィーはシドを見上げ、尋《たず》ねると、シドは大仰《ぎょう》にずっこけた。

「おいおいおいおいおいおい！　おまえら、グミの種類も知らねえでグミシップ乗ってるのかっ！　異空の海をなめるんじゃねえぞ！」

「何も知らなくて悪かったな」

まるでこどもを叱《しか》るようなシドの言葉に、ソラは口を尖《とが》らせて反論した。

「何にも知らないけど——俺《おれ》たちは行かなきゃならないんだ」

「おっと——そうか、そうだったな……」

ソラの持つキーブレードを見つめながら、静かにシドは言った。

「手を貸さねぇわけにはいかねえな」

「たのむ」

シドはひとつ大きく呼吸をすると、そのグミの説明を始めた。

「このグミはな、船につけると、新しいルートが開けるイカしたグミブロックだ。わかるか?」

「ルートが開けると——」

グーフィーが首をかしげ、そのあとの言葉をドナルドが続けた。

「新しいワールドにいけるようになる!」

「そう。そのとおりだ——。おまえらの船につけるだろ?」

「うん!」

新しいワールドにいければ、カイリやリク——そして王様に会えるかもしれない。

「もちろん俺《おれ》様がつけてやるから安心しろ。だがその前に交換《かん》条件がある」

「タダじゃないの!?」

ドナルドがジャンプしながら文句を言った。

「まあ、待て。実は届け物を頼《たの》まれて欲《ほ》しいんだ。その間にグミブロックをつけといてやるから。どうせ時間がかかるんだ。その間に届け物をするくらい、どうってことねぇだろ？」

「そりゃあそうだけど――」

ソラはそれでも不満そうに言った。

「それにな――その、まあ……」

シドが頭をかく。なにやら大事なことがあるのに言い出せないようだ。

「ま、行けばわかる！」

その言葉にソラとドナルドたちは顔を見合わせる。

「わかったよ。それで何を届ければいいんだ？」

「これなんだが――」

シドは古びた本をソラに差し出した。

「だいぶ古い本でな、バラバラになりそうってんで、俺《おれ》が修理したんだ」

本には鍵《かぎ》穴がついているが、自由に開くことができる。その中には森の絵が描《えが》かれており、ところどころが破れている。どうやらこどもが読むための童話らしい。

「ここになにか動物みたいなのがいるけど……？」

グーフィーがソラの後ろから本を覗《のぞ》き込《こ》んで言った。グーフィーの言うとおり、ぬいぐるみのような生き物がそこかしこに描《えが》かれている。

「おおっと。大切な本だからな。それに――どうやら特別な力があるらしい。それを3番街にある屋敷《しき》に届けて欲《ほ》しいんだ。炎《ほのお》のマークが目印だ。おまえら、炎の魔《ま》法は使えるのか？」

「王宮魔導士《まどうし》を馬鹿《か》にしないで！」

ドナルドが杖《つえ》を振《ふ》り下ろしながら言い返す。

「それなら結構。頼《たの》んだぞ」

「わかった」

ソラがその本を懐《ふところ》にしまった瞬《しゅん》間、軽い空気の振《しん》動とともに大きな鐘《かね》の音が聞こえてきた。

「なんだ!?」

ソラは音に驚《おどろ》いて、辺りを見回すが、シドは平然と言った。

「からくり館《やかた》の鐘《かね》が鳴っているようだな――」

「からくり館《やかた》？」

「2番街にある変な館《やかた》さ。『3回鳴るとなにかが起こる』っつーけど、3回続けて鳴ったのは聞いたことがねぇな。本を届けたら見物してみたらどうだ？」

シドは腕《うで》を組みながら、笑《え》顔を浮《う》かべた。

「わかった。行こう、ドナルド、グーフィー」

ソラたちは3番街へと向かう。そしてシドは――。

「久々だな――腕《うで》がなるぜ」

シャツの腕《うで》をまくると、店の奥《おく》へと姿を消した。

ソラたちは再び２番街を通り抜《ぬ》け、３番街へと向かう。

「ハートレスが倒《たお》しても倒しても出てくるよ～」

グーフィーは泣き言を言いながら、ハートレスを倒《たお》していく。

「キーブレードを隠《かく》すことってできないのかな？」

「隠《かく》したら鍵穴《かぎ》も閉じられなくなっちゃうし、鍵と一緒《しょ》にいろっていう王様の命令にも背《そむ》くことにもなるんだぞ！」

ドナルドが怒《ど》鳴り返した。確かにハートレスはいくら倒《たお》してもキリがない。そのとき、また鐘《かね》が鳴って地面が揺《ゆ》れ動く。

「うわぁ！」

ソラは鐘《かね》の音《ね》に驚《おどろ》き、つまづく。

「大丈夫？　ソラ」

グーフィーがソラを助け起こす。

「もう――この鐘《かね》の音どうにかなんないのかなぁ……」

「鳴ってるのって……あの家の鐘《かね》だよね」

グーフィーが指差す先に、大きなやぐらがある。

「止められないのかなぁ――」

「グァ！　さぼらないでよ！」

ハートレスを倒《たお》す手を止めたソラとグーフィーをドナルドが怒《ど》鳴りつける。

「わかったよ……もう」

ソラは再びキーブレードを手に、ドナルドたちと2番街を駆《か》け抜《ぬ》ける。

「ようやく3番街だ……」

ソラたちはハートレスたちを蹴《け》散らしながら、3番街の広場を駆《か》け抜《ぬ》け、奥《おく》の家にたどりつく。ちょっと乱暴に駆《か》け抜《ぬ》けたせいで、ソラたちはすでに満身創痍《い》だった。

「ふぅ……」

3人はそれぞれに息をつき、お互《たが》いの傷を手当てしながら、大きな扉《とびら》を見上げた。扉には炎《ほのお》のマークがついている。

「開かないよ？」

グーフィーが思い切り押《お》すが、扉《とびら》はびくともしない。

「魔《ま》法が使えるかって聞いてたよな」

ソラがドナルドの杖《つえ》を見つめながら言った。

「ってことは――ファイアー！」

ドナルドが扉《とびら》のマークに炎《ほのお》を放った。すると——扉がゆっくりと開き始める。

「行こう！」

ソラの声に足を踏《ふ》み入れた3人を迎《むか》えたのは、大きな洞窟《どうくつ》だった。

「トラヴァースタウンにこんなところがあったんだ……」

ソラは洞窟《どうくつ》の中を見回す。洞窟の中には大きな池があり、その中央には一軒《けん》の家が建つ小さな島が浮《う》かんでいる。

「あそこかなぁ？」

ドナルドが先に島へと続く小さな浮《うき》島を跳《と》びながらわたっていく。

「早くおいでよ！……グァ！」

ジャンプしながら振《ふ》り返ったドナルドは見事に水の中に落っこちる。

「大丈《じょう》夫？」

グーフィーが慌《あわ》てて浮《うき》島を渡《わた》り、ドナルドを水から引き上げた。

「グァッ！」

ドナルドはぷりぷりと怒《おこ》りながら、再び浮《うき》島を渡《わた》っていく。

「ソラも早く！」

「わかったよ」

ドナルドの声に浮《うき》島を渡《わた》ると、そこにはまるでツボの上に赤い帽《ぼう》子がのっかったような形をしたちょっぴりおかしな家があった。

「開かない!」

ドナルドは家の前の扉《とびら》を蹴《け》りながら暴れている。どうやら水に落ちたことに相当ご立腹のようだ。

「ほかに入り口があるんじゃないの……?」

グーフィーが家の横に回る。

「まったくもう! 水におっこちるし、入り口はわからないし、最悪だ!」

「そんなに、怒《おこ》るなよ~、ドナルド」

ソラはドナルドをなだめ、家を見上げる。まるで帽《ぼう》子のような赤い屋根の家は、さびれていて、人の住んでいる気配がない。

「ソラ、ドナルド! 入り口があったよ!」

グーフィーの声にソラたちが家の横に回ると、大きな穴があった。

「ここから入っていいのかなぁ……?」

「いいんじゃない?」

穴からソラたちは家の中に潜《もぐ》り込《こ》む。やっぱり家の中に人の住んでいる気配はなかった。

きょろきょろと辺りをソラは見回す。そのとき――。

「なんだかこういうとこってドキドキするね」

ソラはその声に振《ふ》り返る。

今の声——今の声はカイリの声だ！

「〝秘密の場所〟を思い出さない？」

そこには笑顔《えがお》でたたずむカイリが居た。カイリは、わずかに赤い髪《かみ》をゆらしながら振《ふ》り返り、ソラに微笑《ほほえ》みかけてる。その笑顔《えがお》は別れたあの瞬《しゅん》間と、デスティニーアイランドのカイリと変わらない、カイリだった。

「ふたりで落書きしたあの洞窟《どうくつ》。覚えてない？」

「カイリ——」

ソラはカイリに手を伸《の》ばす。

「ソラ？」

背中からかけられたグーフィーの声にソラは振《ふ》り返る。そして、再びカイリがいた場所に視線を戻《もど》すと——もう、そこには誰《だれ》もいなかった。

「今、そこに——」

ソラがグーフィーにカイリのことを話そうとした瞬《しゅん》間、ソラたちに話しかける声があった。

「ふぅ——やれやれ。思ったより早く来おったのう」

振《ふ》り返ると、壁《かべ》際に高い三角帽《ぼう》に、長いヒゲ、そしてメガネをかけている老人が立っていた。

「俺《おれ》たちが来るのを知ってたのか？」

ソラは老人に近寄ると尋《たず》ねる。

「そうじゃよ」

「まさかハートレス!?」

ドナルドが杖《つえ》を構えながら言った。

「ほっほっほ。ワシの名はマーリン。見てのとおり、魔《ま》法使いじゃよ。ふだんは世界を飛び回っておるが、久々にもどってきたというわけじゃ。君たちの王様から、力を貸して欲《ほ》しいと頼《たの》まれてな」

「王様が？」

グーフィーが聞き返す。今までの旅で初めて聞く王様の噂《うわさ》。

「そうじゃ。ところで、ドナルドとグーフィーはいいとして、おまえは……？」

マーリンはソラを見つめながら聞いた。

「俺《おれ》はソラ」

「……ほう。どうやら鍵《かぎ》を見つけたようじゃな」

ひとりでマーリンは頷《うなず》き、ソラをじっと見つめる。

「王様に何を頼《たの》まれたの？」

ドナルドは我慢《がまん》しきれずにマーリンに詰《つ》め寄った。

「その前に、と――――ほうれ！」

マーリンは部屋《へ》の中央の石の台に昇《のぼ》ると、杖《つえ》を振《ふ》った。すると、カバンの口が開き、中から家具や食器などが飛び出し、自分で所定の位置へと動いていく。

「わぁ！」

驚《おどろ》く3人の前で、あっというまにマーリンの部屋《へ》ができあがった。

「これでよし。それと――」

マーリンが部屋の隅《すみ》にある小さなカボチャの馬車に向けて杖《つえ》を振《ふ》った。

「ビビディ・バビディ・ブー！」

不思議な呪《じゅ》文をとなえながら、深い紺《こん》色のフードに同じ色のローブを身にまとったおばあさんが現れる。

「はじめまして。私はフェアリー・ゴッドマザー」

彼女《かの》がタクトをふると、キラキラと光の粒《りゅう》子が舞《ま》い落ちる。

「ワシらはな、君たちの手助けをするように王様に頼《たの》まれたんじゃ」

「それで王様はどこに!?」

ドナルドの言葉に、マーリンとフェアリー・ゴッドマザーは顔をみあわせる。

「残された時間は少ない――」

「僕《ぼく》は戻《もど》れない――」

「けれど、闇《やみ》の上には光が――」

「光の傍《かたわ》らには闇《やみ》がある──」

まるで詩を詠唱《えい》するように2人はソラたちに告げる。

「そんなんじゃわかんないよ!」

ドナルドが地団駄《だ》を踏《ふ》む。

「おまえたちの先には闇《やみ》が待っているようよ」

「でも──闇《やみ》があるということは光があるということなの」

「闇《やみ》と、光──」

ソラは呟《つぶや》く。

「鍵《かぎ》と一緒《しょ》にいれば道は開かれる」

「わかんないよ!」

ドナルドの言葉にマーリンはソラのキーブレードを指差した。

「鍵《かぎ》と一緒《しょ》に?」

グーフィーが不安そうに聞き返す。

「それが王様の手がかりじゃ」

「俺《おれ》はどうしたらいいんだ?」

ソラの言葉に再び、マーリンとフェアリー・ゴッドマザーは顔をみあわせる。

「光の差し示す方へ行くがいい」

「カイリとリクは!?」

問いただしたソラにフェアリー・ゴッドマザーは首を振《ふ》った。

「わからないわ——でも……そうね、気配はある。それもとても近くに——」

「行くがいい。鍵《かぎ》の指し示す方角へ——」

「わかった」

ソラは決心したように、答える。

「行こう——っと、その前に……」

「シドに頼《たの》まれた本じゃな」

歩みかけたソラは、振《ふ》り返ると、マーリンに古びた本を渡《わた》す。

「ほうほう。随《ずい》分と綺麗《きれい》になったのう……」

「なんの本なの?」

グーフィーが興味深そうに聞いた。

「さて——わしにもわからんよ。気になるなら、読んでみるがいい」

「今度にするよ」

ソラは言うと、今度こそ本当に家を出た。

ソラたちがハートレスたちを倒《たお》しながら、3番街を駆《か》け抜《ぬ》けていく。

「ほんと、キリがないよねぇ……」

グーフィーがぼやきながら2番街への扉《とびら》を開ける。そして3人が2番街へと足を踏《ふ》み入れたその瞬《しゅん》間、再び大きく鐘《かね》が鳴った。

「グワワワワ！」

地響《ひび》きをあげてゆれる地面にドナルドが悲鳴をあげる。

「この鐘《かね》の音、止まらないのかなぁ」

「そんなことより、早くシドのところに行って、新しいワールドに行こうよ！」

グーフィーのぼやきを、ドナルドは叱《しか》りつける。

「でも、これだけハートレスがいるってことは、どこかに鍵《かぎ》穴があるってことだと思うんだ」

ソラは鐘《かね》を見上げながら言った。

「ソラはこの鐘《かね》が、鍵《かぎ》穴に関係してるっていうの？」

「わかんないけど――」

その瞬《しゅん》間、きらり、とキーブレードが光る。

「わ！」

「光った！」

3人は顔を見合わせると、鐘《かね》のあるからくり館《やかた》へと向かう。

「うわー……」

ソラたちは大きな歯車の回るからくり館《やかた》の中をいったりきたりしていた。

「ねえ、あっちに行けばいいんじゃない？」

グーフィーの言葉にソラたちは、歯車の間をすり抜《ぬ》け、奥《おく》へと向かう。

「行き止まりだぁ……」

どこをどういったら先に進めるのかさっぱりわからない。

「鐘《かね》を見つけてどうするつもり？」

ドナルドが歯車を避《さ》けながらソラに言った。

「『３回鳴るとなにかが起こる』ってシドが言ってただろ？」

「えー？　そしたらまたすごい音がするだけじゃない？」

「こんなに仕掛《か》けがあるんだ。絶対に秘密があるはずだ」

ドナルドの言葉にソラは反論する。

「僕《ぼく》もソラの意見に賛成」

グーフィーは振《ふ》り子のようなものを飛び越《こ》えながら、言った。

「そうかなぁ……」

ドナルドはちょっぴり不満らしい。

「こっちから抜《ぬ》けられるよ！」

グーフィーが歯車の上の隙間《すきま》を見つけて叫《さけ》ぶ。

「グワワワワッ……」

ドナルドがふらふらとバランスをとりながら、歯車の上を一瞬《しゅん》歩き、そのまま向こうへと飛び降りた。タイミングを見計らって進まないと、歯車に押《お》しつぶされてしまう。

「うわ……っと……」

ソラがあわてて向こう側へと飛び降りると、そこに小さな扉《とびら》があった。

「この先かなあ？」

ドナルドが扉《とびら》をあけると、そこはからくり館《やかた》の屋上だ。そしてその先に鐘《かね》が下がる大きなやぐらがあった。

「うーん。この先には行けないみたいだけど――」

グーフィーが鐘《かね》の前にある木の柵《さく》を覗《のぞ》き込《こ》む。

「水路の鉄柵《さく》より弱そうじゃないか？」

ソラが路地にあった鉄柵《さく》を思い出しながら言う。

「ってことは――せーの！」

3人がいっせいにぶつかると、やっぱりあっけないほど簡単に柵《さく》が壊《こわ》れた。

「これがあの音の鐘《かね》かぁ――」

ソラは大きな鐘《かね》を見上げる。

「グーフィーは外を見張っててくれる？」

「りょうかーい」

グーフィーが屋上から2番街を見下ろす。そしてドナルドは鐘《かね》をひく紐《ひも》にぶらさがった。

「3回ってシドは言ってたよね」

「うん」

ドナルドの言葉にソラが返事をしたのが合図だった。

1回。

2回。

3回。

しかし、大きな音が鳴り響《ひび》くだけでなにも起きない。

「ちぇ……なにも起きないかぁ——」

ソラがため息をついたそのとき、グーフィーが叫《さけ》んだ。

「鍵穴《かぎ》！」

「え？」

「鍵穴《かぎ》があるよ！」

ソラがあわててグーフィーのそばに駆《か》け寄ると、噴《ふん》水があった場所に鍵《かぎ》穴が現れていた。

「やったぁ！」

ソラたちは屋上から飛び降りると、鍵穴《かぎ》に向かって走っていく。

「これで、トラヴァースタウンからハートトレスがいなくなるね！」

グーフィーが言ったそのとき――大きな雄《お》たけびがあたりを揺《ゆ》り動かす。

「なんだ!?」

空から、倒《たお》したはずの巨大ハートトレス、ガードアーマーが降り立った。

「やっぱりただでは鍵《かぎ》穴を閉じさせてはくれないんだねぇ……」

グーフィーがしょんぼりとしながら、それでも盾《たて》を構える。

「一度倒《たお》した相手だ！」

ソラがキーブレードを構え、ドナルドは杖《つえ》を振《ふ》りかざした――が、ガードアーマーの大きな足がドナルドを踏《ふ》み潰《つぶ》そうとする。

「ワワッ……グワワワワッ」

ドナルドが慌《あわ》てて避《さ》けようとして、石畳《だたみ》につまづいた。

「ドナルド！」

ソラがドナルドをかばおうと走りこむ。

「――危ない！」

グーフィーが思わず目を覆《おお》ったその瞬《しゅん》間、金属音がして、ガードアーマーの足だけが弾《はじ》き飛ばされた。

「どうしたんだ、だらしないな」

聞き覚えのある声。闇夜《やみよ》に輝《かがや》く銀髪《ぱつ》。

顔をあげたソラが見たのは——。

「——リク!?」

リクは余裕《ゆう》の笑《え》みで、ソラとドナルドを助け起こした。

「どうやってここに!?」

「話はあとだ——来るぞ！」

リクの声とほぼ同時に足を飛ばされて怒《いか》り狂《くる》うガードアーマーのパンチが襲《おそ》い掛《か》かってくる。

ソラとリク、そしてドナルドが飛びのくと、地面にガードアーマーの拳《こぶし》が突《つ》き刺《さ》さった。

「こいつめ！　こいつめ！　こいつめ！　ファイアー！　サンダー！　ブリザド！」

ドナルドが魔《ま》法を打ちまくり、グーフィーが駆《か》け回る。そして、ソラとリクはまるでずっと一緒《しょ》に戦ってきた仲間のように、交互《ご》にガードアーマーの胴《どう》体へ攻撃《こうげき》を加えていく。

「腕《うで》をあげたんじゃないか、ソラ」

「リクこそ！」

リクだ——この姿は、この声はリクで間違《ちが》いなかった。

さっき見たカイリみたいに幻《まぼろし》じゃない。これは本物のリクだ！

「行くぞ、ソラ」

リクが一際《きわ》大きくジャンプすると、ガードアーマーの頭に強烈《れつ》な一撃《げき》を加えた。

「――俺《おれ》だって！」

そしてソラが胴《どう》体へと攻撃《こうげき》し――ガードアーマーはバラバラとその身体《からだ》を散乱させると、動かなくなった。

「やったぁ！」

ソラは思わずリクに抱《だ》きつく。

「おいおい。やめろって」

そう言うリクも笑顔《え》だった。

「この人がリクなの？」

「うん！　俺《おれ》が探してたリクだ！」

グーフィーの言葉にソラはようやくリクから離《はな》れると、笑顔《え》で答えた。

「そうだ、カイリは――」

「一緒《しょ》じゃないのか？」

リクが少し驚《おどろ》いたように言った。どうやらソラが、リクと一緒《しょ》にカイリがいると思っていたように、リクもソラとカイリが一緒《しょ》にいると思っていたらしい。

「そっかぁ……一緒《しょ》じゃないんだ」

がっくりと肩《かた》を落とすソラの肩を叩《たた》きながら、リクは笑顔《え》を浮《う》かべる。

「心配するなよ。俺《おれ》たちで探せばすぐに見つかる。俺たちは外の世界に出られたんだぜ。もうどこへだっていけるんだ」

リクはソラを励《はげ》ますように言葉を続けた。

「カイリを見つけるなんて簡単さ。そうだろ、ソラ。ぜんぶ俺《おれ》にまかせろよ。そうすればすぐにカイリは見つかる──」

「俺《おれ》だってずっとカイリとリクを探してたんだ。このふたりと一緒《しょ》に!」

ソラはキーブレードを背負いながら、ドナルドとグーフィーに笑顔《え》を向けるが、リクの視線は怪《あや》しい者を見るように、ドナルドとグーフィーを見つめていた。

「え~僕《ぼく》たちは──」

ドナルドがちょっと困ったようにソラを見る。

「3人でいろんな世界をまわってるんだ、あちこち」

「へえ、おまえが? 信じられないな」

リクの言葉にドナルドとグーフィーは顔を見合わせると、ソラの肩《かた》を抱《だ》いた。

「ソラはキーブレードに選ばれた勇者なんだ」

「そうは見えないけど」

グーフィーが言って、ドナルドが落とすいつものパターンにソラはふたりに飛び掛《か》かる。

「キーブレードってこれか?」

そう言うと、リクは手に持っていたキーブレードを差し出した。

「あれ？　いつのまに——返せって！」

ソラは慌《あわ》ててリクにつめよるが、よけられ、転んでしまう。

「——相変わらずだなあ、ソラは」

リクはそう言って少し笑うと、ソラにキーブレードを投げ返した。

「ほら」

「おっ」

ソラはキーブレードを受け取り、リクを見つめると言った。

「おまえも一緒《しょ》に来いよ、リク。俺《おれ》たち、すげえ船に乗ってるんだ。特別に乗せてやるって」

「そんなの勝手に決めちゃダメだよ！」

ドナルドがソラに詰《つ》め寄る。

「いいだろ？」

「ダメ！」

ドナルドがぷりぷりと怒《おこ》りながら言う。

「なんでだよ！　せっかく会えたのに！」

「だめったら、だめ！」

言い合う2人の横で、ガードアーマーの腕《うで》がぴくりと動いたのに、グーフィーが気がつく。

「ソラ！　ドナルド！」

呼びかけに2人が顔をあげた瞬《しゅん》間、ガードアーマーが再びからだを組み立てていく。

「わわっ！　わわわわわ！」

今まで足だった部分が腕《うで》に、腕だった部分が足の場所にくっつくと、ガードアーマーはその身体《からだ》の色をかえ、雄《お》たけびをあげる。そして、再び巨《きょ》大なハートレス——オポジットアーマーとなって、襲《おそ》い掛《か》かってきた。

「話はあとだ、ドナルド！」

「グァ！」

ソラはキーブレードを構え、オポジットアーマーに向かって走りこんでいくが、それを待ち構えたように、その胴《どう》体が横を向き、大きな光の弾《たま》を発した。

「う、わぁぁぁぁぁッ！」

その一撃《げき》を正面からソラは食らってしまう。

「わ、わ、ソラ、大丈《じょう》夫？」

グーフィーが慌《あわ》てて駆《か》け寄り、手当てをする。

「グァ———ッ。この〜、ソラのカタキだ！　サンダー！」

倒《たお》れたソラが無事なことを確認《にん》したドナルドが呪《じゅ》文をとなえると、いつもよりはるかに大きい雷《かみなり》が、オポジットアーマーの頭上に落とされた。

「わ！　すげぇ！」

手当てが終わったソラは立ち上がると思わずドナルドに駆《か》け寄る。

「このドナルド様が本気になれば――グァ！」

胸を張ったドナルドにオポジットアーマーの足が振《ふ》り下ろされ、ドナルドは尻《しり》もちをつく。

「じゃあ僕《ぼく》も負っけないぞ――！」

ドナルドに感化されたのか、グーフィーはそのままオポジットアーマーに飛び込《こ》み、上空に向かって突《とっ》進した。がつん、と大きな音がして、グーフィーの盾《たて》がオポジットアーマーの胴《どう》体を突《つ》き抜《ぬ》ける。

「わわ、そんな技隠《わざかく》してるなんて――グーフィー！」

ソラの呼びかけにグーフィーが親指をたてて答えた。

「えっと――俺《おれ》にもなにかできないかな……よし！」

ソラも勢いよくオポジットアーマーの懐《ふところ》に飛び込《こ》むと、剣《けん》を大きく振《ふ》り下ろした。

「とりゃあああああああ！」

キーブレードが大きな光の弧《こ》を描《えが》き、衝撃《しょうげき》となって、オポジットアーマーにヒットする。

「すご～い！　ソラ！」

「えい！　やあ！　それ――ッ！」

がつんがつんがつん、と立て続けにソラの攻撃《こうげき》がヒットすると、オポジットアーマーは一瞬《しゅん》がたがたと震《ふる》え、その動きを止めた。そして、ゆっくりとその身体《からだ》からハートが浮《う》き上がり、身体と一緒《しょ》に光となって天に昇《のぼ》っていく──。

「やった！」

いつものように、ソラとドナルド、グーフィーは抱《だ》き合って勝利を喜ぶが──。

「あ──リクは？」

ソラはリクがいないことにようやく気がつく。

「リク──？」

周囲を駆《か》け巡《めぐ》りながら、名前を呼ぶが、どこにもリクは見えない。

「なんだよ──せっかく会えたのに」

ソラはうつむき、地面にあった小石を蹴《け》る。

ずっと探してたのに。すごく心配してたのに。でも、リクはデスティニーアイランドにいたときのリクそのままだった。なにも変わってなかった。よかった──。

「ソラ？」

心配そうにグーフィーがソラの顔を覗《のぞ》き込《こ》んだ。

「またいなくなっちゃうなんて、ずるいや」

ソラは握《にぎ》り締《し》めたキーブレードを見つめながら、呟《つぶや》く。

「ま、いっか！」

ソラは顔をあげ、笑顔《え》を浮《う》かべた。

「いいの？」

「だって――――また会えるよ。そう信じてるから。それに、リクに会えたなら、きっといつかカイリにも会えるって思えるからさ」

笑顔《え》のままソラがキーブレードを鍵穴《かぎ》に向かって掲《かか》げると、光の筋が鍵穴に向かって走る。

そして、光が鍵《かぎ》穴に吸い込《こ》まれると、鍵穴はがちゃりと音をたてて、閉じた。

「らっしゃい――――お、戻《もど》ってきたか」

一番街のアクセサリーショップにはシドだけじゃなく、レオンもエアリスもユフィも集まっていた。

「本は届けてくれたか？　ナビゲーションググミの取り付けは終わってるぜ」

「ありがとう。それより――――」

ソラの声を遮《さえぎ》って、ドナルドが叫《さけ》んだ。

「鍵《かぎ》穴を閉じてきたよ！」

「本当？」

ユフィが聞き返す。

「本当だよ。鐘《かね》を鳴らしたら、噴《ふん》水のところに鍵《かぎ》穴が出てきたんだ」

「さっき鐘《かね》を3回鳴らしたのはおまえらだったのか」

グーフィーの言葉にレオンが尋《たず》ねる。

「うん。キーブレードが教えてくれたんだ」

「へーえ。すごいんだね、キーブレード」

キーブレードを掲《かか》げながら言ったソラに近づき、ユフィはじっとキーブレードを見つめる。

「でも、また大きなハートレスが出てきて、それで――」

「リクに会ったんだ！」

今度はドナルドの言葉を遮《さえぎ》り、ソラが叫《さけ》ぶ。

「いなくなったお友だち？」

「うん。それでリクに助けてもらったんだけど、また大きなハートレスが起き上がって、倒《たお》したらリク、いなくなってた――」

エアリスの言葉にソラは話を続け、ほんのちょっとだけさみしそうな顔をする。

「でもまた会えるかなって」

「きっと会えるよ」

エアリスがやさしく言った。

「あたしも鍵《かぎ》穴見てみたかったなぁ」

「この街にもやっぱりあったか」

鍵穴《かぎ》に興味津々《しんしん》なユフィとは対照的にレオンは腕《うで》を組みながら深刻そうに言った。

「急げ、ソラ。こうしている間にもハートレスは世界中に出現している」

その言葉にソラはしっかりと頷《うなず》く。

「それはそうと――おまえら、マレフィセントって知ってるか？」

シドがちょっと沈《しず》んだ声で尋《たず》ねる。

「誰《だれ》？」

「魔《ま》女だ、魔女」

腕《うで》を組み考え込《こ》んでしまったシドの後をレオンが続ける。

「ハートレスが増えたのは、魔《ま》女マレフィセントのせいらしい。強い力を持った魔女だ」

「何年も前から、ハートレスを操《あやつ》っていた」

今度はエアリスがレオンの言葉を続け、うつむいた。

「やつのせいで俺《おれ》たちの世界は――」

レオンがシドを見つめると、ようやくシドが口を開いた。

「オレたちの世界も、突《とつ》然現れたハートレスの大群に襲《おそ》われて崩壊《ほうかい》しちまった――9年前の話だ。オレはガキだったこいつらを連れて、この街に逃《に》げてきたってワケだ」

「そんな――」

ドナルドは腕《うで》を組み、難しい顔で呟《つぶや》いた。

「俺《おれ》たちの世界は、アンセムという賢《けん》者がおさめていた。彼《かれ》はハートレスを研究していたんだ。たぶん、弱点を探していたんだろう」

レオンの言葉にグーフィーが手を叩《たた》いた。

「アンセムって、エアリスが言ってた人だよね？」

「そう。アンセムのレポートを読めば、ハートレスを止めるヒントがあるはず」

グーフィーの問いかけにエアリスは静かに答えた。

「レポートは王様が探してるんだよね」

「でも――どこにあるかはわからない」

そしてドナルドにエアリスはゆっくりと首をふる。

「大部分はマレフィセントの手に落ちたんだろう――」

シドが深刻な声でそう告げた。

「でも、どこかにあるんだよね！」

「多分」

「なら、俺《おれ》たちが探してくるよ！」

「ありがとう――ソラ」

ソラの言葉にようやくエアリスが笑《え》顔を浮《う》かべた。

「ちょっと不安だけどな」

「なんだと——」

ニヤリと笑いながら言ったシドにソラが食ってかかる。

「まあ確かにキーブレードの勇者には見えないよねえ」

「ドナルドまで！」

今度はドナルドにソラはキーブレードを構える。

「でも始めの頃《ころ》より、随《ずい》分強くなったよ」

「始めの頃《ころ》よりって——そんなぁ……」

笑いながら言うグーフィーにへなへなとソラは座《すわ》り込《こ》む。

「またやってみるか」

レオンがソラにガンブレードを向ける。

「ええ？」

「じゃあユフィちゃんもお相手願っちゃおうかな」

ユフィも手裏剣《りけん》を構える。

「俺《おれ》もうへとへとだよ～」

おどけて言ったソラにクスクスとエアリスが笑い、それがみんなへと伝染《せん》していく。

「笑うなよな～、みんな」

そう言うソラが笑い——みんなが笑い出す。

その様子を、窓の外から見つめる2つの人影《かげ》があった。

ひとつは、リク。そしてもうひとつは――。

「ごらん、私が言ったとおりだろう?」

マレフィセントの問いかけにリクは黙《だま》ったままじっと窓の中を見つめている。

「おまえは必死になって、あの子を探していたけれど、あの子はちゃっかり新しい仲間を見つけていたって訳さ。あの子はね、おまえよりも、新しい友だちの方が大事なんだ」

ひどくやさしい声でマレフィセントはリクに囁《ささや》き続ける。

「でもね、心配することはないよ。あんな子のことは忘れて、私とおいで。おまえが望むものを見つけてあげるよ――」

ただ静かに、リクは窓の中を、ソラを見つめている――。


(下巻へつづく)

金巻　ともこ　Tomoco Kanemaki

1975年6月16日生まれ。横浜市出身。ゲーム攻略本から小説まで幅広く手掛ける。
著作に「マイ・メリー・メイ」（ファミ通文庫）、「TakeOff!」（ビーゲームノベルス）〔以上金巻朋子名義〕、「メモリーズオフ　双海詩音編」（JIVEキャラクターノベルス）などがある。

GAME NOVELS
キングダム ハーツ 上

2005年7月21日　初版第1刷発行
2007年6月20日　初版第11刷発行

原　　作◆PS2ソフト「キングダム ハーツ」
©Disney

原　　案◆野村哲也

著　　者◆金巻ともこ

イラスト◆天野シロ

発 行 人◆田口浩司

発 行 所◆株式会社スクウェア・エニックス
〒151-8544
東京都渋谷区代々木3-22-7
新宿文化クイントビル3階
営　　業 03(5333)0832
書籍編集 03(5333)0879

印 刷 所◆加藤製版印刷株式会社

乱丁・落丁はお取り替え致します。
定価はカバーに表示してあります。

ISBN4-7575-1468-9　C0293